時空調查科 ⑪

特洛伊攻城戰

關景峰　著

新雅文化事業有限公司

www.sunya.com.hk

時空調查科

阿爾法小組

--- 人物介紹 ---

凱文

特工代號：051

年　　齡：13歲

組內擔當：分析大師

特　　長：IQ極高，分析力超強，
多謀善斷

最強裝備：萬能手錶

萬能手錶

具備通訊、翻譯、搜尋、地圖
等等功能，還能按需要升級更
新其他功能。

張琳

特工代號：059
年　　齡：13歲
組內擔當：攻擊大師
特　　長：擁有驚人的戰鬥力，對各種
　　　　　武器都運用自如
最強武器：先鋒寶盒

先鋒寶盒

可變化成霹靂劍、迴旋鏢和流
星錘三種武器的神奇寶盒。

西恩

特工代號：056
年　　齡：12歲
組內擔當：防衛大師
特　　長：能針對不同攻擊使出各種防禦
　　　　　力強大的招式
最強招式：防禦盾、防禦弧

防禦盾

原為硬幣般大小的鐵片，使用時
會變大成圓形盾牌。

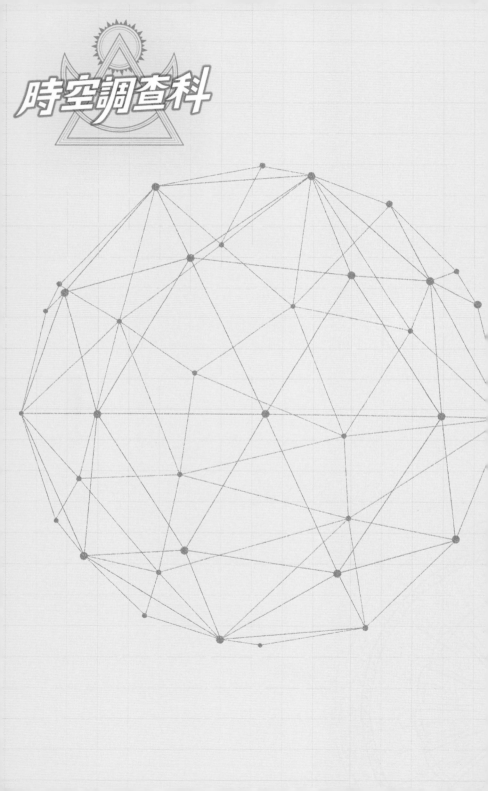

目　錄

落海

「噗通——噗通——噗通——」三個響聲，有先後順序，但是連接緊密，這是我們三個落進水裏的聲音。我，凱文，還有張琳、西恩，通過穿越通道緊追逃犯庫拉斯，庫拉斯也通過穿越通道逃跑。兩條通道，完全並行，只不過庫拉斯很是幸運，或許是他有意為之，他的穿越通道的出口在沙灘上，而我們察覺他跳出通道後，立即收起通道，跳下出口，但是全都掉在了海裏。

「張琳——西恩——」我用力浮上水面，我們倒全是會游泳，但是海水冰冷刺骨。

「凱文，我在——」張琳的聲音傳來。

「我在——」西恩的聲音也傳了過來。

我看到了張琳，她就在我身前五米的地方，西恩在我左邊五米的地方，正在用力向岸上游。

「快，快上岸——」我看到了岸邊，距離我們大概二百米，岸上一個人影也看不見。

我們三個一起奮力地向前游着，很快，我們就踩到了海水下的陸地，我們站了起來，一起向岸邊跑去。

「你們還好吧？」我衝到了岸上，身後的海水似乎還在追趕我們，我連忙又向前跑了十幾米。

「凱文，我還好。」西恩跑到我的身邊，「要是再向前二百米，就不會掉在海裏了。」

「庫拉斯呢，我們還要抓他。」張琳也跑到我身邊，彎着腰，雙手拄着膝蓋，氣喘吁吁的，但是時刻不忘我們的任務。

「等等，他跑不遠的。」我抬起手臂，看了看手錶。我們能夠準確地鎖定庫拉斯的位置，是因為剛追捕他的時候就把一個定位劑射在他的手臂上，這種定位劑極難清除，有效期是四個小時，定位劑發送的位置訊號不斷傳送到我的萬能手錶的儀器中，傳輸距離有十公里那麼長。

庫拉斯是毒狼集團的慣犯，也是一個超能力者，我們是在巴黎發現他的，剛開始抓捕的時候被他發現了，他啟動了穿越通道開始跨時空逃竄。我們由於鎖定了他的位置，隨即展開跨時空追捕，這和請求總部的時空隧道管理部門支援不一樣，這完全取決於萬能手錶的定位追蹤，至於落地在哪個地方、哪個時代，我們只知道這裏大概是三千多年前的小亞細亞半島，也就是現在的土耳其。

目前並不是去研判我們具體身處何地的時候，我們要先找到庫拉斯，然後抓捕他。我的手錶顯示，庫拉斯就在我們的南邊，距離我們不到兩公里。

我們加快速度，在海灘上狂奔起來，很快，我們就離開了海灘，前面是一片空曠的土地，長着一些不高的灌木，沒有樹，地面上還有很多石頭。我們又穿過了那片土地，前面出現了一些高低不平的丘陵地帶，手錶上顯示，庫拉斯距離我們僅有三百米了，大概越過最近的丘陵就能看見他。

我們奮力爬上了丘陵，遠處，有一片城牆，而庫拉斯果然就在丘陵下，正向城牆奔跑，他跑得也是上氣不接下氣的。

「庫拉斯——」西恩大叫一聲，衝下了丘陵。

庫拉斯邊跑邊回頭看，我們跑上丘陵後，他也發現了我們。庫拉斯嚇得大步奔跑，我們則在他身後緊緊追趕。

城牆外，有幾十個人正在走向城門，他們先發現了庫拉斯，隨後發現了緊追不捨的我們。我們距離庫拉斯僅有一百多米了，距離那些人也越來越近了。

「亞該亞人——」一個手持長槍的男子指着庫拉斯，率先叫了起來。

「我要歸順你們，我要加入你們——」庫拉斯說着指着追趕而來的我們，「他們要攻擊你們，他們要消滅你們——」

庫拉斯跑到了那羣人中，而那羣人此時聽到庫拉斯的喊聲，全都怒視着我們，他們中大部分人都

端着長槍，還有幾個拿着斧子和刀，面對這樣一羣氣勢洶洶的人，我們三個站住了，看來又有一場惡戰了。

躲在那羣人中的庫拉斯得意洋洋，他指着我們，大喊大叫着。

「他們才是亞該亞人——別看他們是孩子，他們很兇很厲害——」

那羣人在庫拉斯的鼓動下，距離我們越來越近了，我們三個本能地後退了幾步。

「不要相信他——」我指着庫拉斯喊道，「他是一個壞人——」

那羣人哪裏肯聽我的，繼續手持武器撲向我們，我們不得已做好了應戰的準備。

就在這時，那羣人發生了變化，他們突然轉身，夾裹着庫拉斯，一哄而逃，向城門跑去。

我正在詫異，聽到身後有很大的聲響，而且這種聲響越來越大，轉身一看，大概有上百名手持各式武器的人，一起衝了過來，為首的十幾個都騎着

馬，還有人手持弓箭。

這些人的人數比剛才那些人多很多，而且看起來兩夥人之間極為不友好，所以那些人帶着庫拉斯跑了。

新來的這些人從我們身邊衝了過去，而剛才那夥人全部逃進了城門，並且關閉了城門，有幾枝箭飛了過去，接連扎在了城門上。

新來的這些人在城門外呐喊了一會，城牆上，有人對着他們射了幾枝箭，這些人看起來也不想去攻城，轉身回頭走去。

「我們好像在三千多年前的特洛伊城外。」西恩看着自己的手錶，走過來小聲對我說，「不知道怎麼回事，我的螢幕顯示有很多橫紋，還很震，上面的字都看不清。」

「我的好像也是。」我看了看自己的手錶螢幕，說道。

「喂——你們三個——」一個騎着馬，戴着頭盔的男子對我們喊道，「穿的是什麼怪衣服？」

我們三個都是從現代追到這裏的，當然穿着現代的衣服，我看了看西恩的牛仔褲，又看看自己的夾克外套，聳了聳肩。不過看上去還好，這些人似乎沒有把我們當做敵人。

「這是我們那裏的……新式服裝，我們那裏有人對服裝的設計非常……感興趣。」我看着那個戴頭盔的男子説。

「是第五軍團的吧？」戴頭盔的男子騎着馬走到我們身邊，對旁邊的同伴説，「他們軍團有很多小孩子，哎，這怎麼打仗？」

「他們建立得晚，找不到青壯年了，只能找這些小孩子來打仗。」另一個騎着馬的人説道，他扛着一杆長槍，很是威武。

「穿着怪衣服，連武器都沒有，哎……」戴頭盔的男子説，「快回去你們的軍團去吧，我們走了，特洛伊人可能又出來，小心被他們抓走了。」

「那裏真是特洛伊城？」西恩有些興奮地指着身後那座城市。

「哦，沒武器，穿怪衣服，連自己在哪裏都不知道。」戴頭盔的人叫了起來，「第五軍團，今後可怎麼辦呀！」

我們三個跟着那些人回頭走，我們其實連第五軍團在哪裏都不知道，我們也擔心，這些人走了以後，城裏再衝出來幾十個人甚至上百個人，這就比較難對付了。

我們退到了幾百米外的一個丘陵後面，丘陵光禿禿的，還有海風吹來，我們都感到很冷。

「現在怎麼辦？」西恩伸着脖子，向城牆那邊張望着，唯恐那裏衝過來一隊人馬，「我們是不是先要弄清在什麼地方？我的手錶提示應該是在特洛伊城區域，特洛伊《木馬屠城記》，你們都看過吧，說的就是這裏。」

我已經抬起了胳膊，對着手錶，先把情況了解清楚，才能決定下一步的行動。

「阿爾法小組呼叫總部管理中心，我是051號特工，請測定我們身處的具體方位以及時代，謝

謝。」

「我是總部管理員，收到你的請求，請稍候。」手錶中傳出一把聲音。

我們靜靜地等待着，耳邊的風聲似乎越來越大了。

「阿爾法小組，經過我們測定，你們現在身處三千三百年前的特洛伊城南五百米，具體方位是北緯39度58分，東經26度13分，位於愛達山西南，距離達達尼爾海峽三公里左右。」手錶中管理員的聲音略顯激動，「注意，你們身處希臘青銅時代晚期的邁錫尼文明時期，這個階段正是希臘的亞該亞人的軍隊攻打特洛伊城的時候，請你們務必注意安全。」

「收到，謝謝。」我說道，隨後切斷了通訊，我看看兩個伙伴，「我們果然在特洛伊城外，剛才看到的那些人，都是希臘亞該亞人的軍隊，他們圍攻特洛伊城十年，最後攻下了特洛伊城，目前應該是攻城的第八年。」

「歷史上人們還曾認為根本就沒有特洛伊城，完全是《荷馬史詩》裏的傳說。」張琳望着不遠處的城牆，「現在這座城市就在我們面前呀。」

「《木馬屠城記》可能真是個傳說，那個時代的工藝水準做不了那麼大的木馬。剛才那些人被稱作『亞該亞人』，亞該亞人就是古希臘大陸上四個部族之一，邁錫尼文明就是他們創造的，他們住在伯羅奔尼撒半島上的邁錫尼城，最終是他們攻下了特洛伊城。」我有些感慨地説，「現在庫拉斯跑進特洛伊城了，而且我們已經知道，現在是希臘亞該亞人軍隊圍城的階段，特洛伊城正常是不會開城門的，這裏是個戰區。」

「可是周圍好像沒有希臘的軍隊呀。」張琳指着四周，説道，「我們剛才遇到的應該是亞該亞人的士兵吧，他們是哪裏來的？」

「圍城戰不一定是把這座城市團團包圍住，在城市周邊分段駐紮下來，也是圍城戰的一種方式。」我解釋地説，「那個時代人口不多，沒有那

麼多人把一座城市團團圍住。」

　　「這也是特洛伊戰爭要持續十年的原因吧？」西恩看了看我。

　　「也許吧。」我點點頭，「現在，我們應該進城去了，把庫拉斯抓住，他進了城，再出來可就困難了，而且他也不敢出來。」

　　「這個城市不算大，我們進去怎麼也能找到庫拉斯，他也是剛進城不久的。」張琳說道，「把他抓住後，我們直接穿越回去。」

　　「那就開始吧，我看下面那個地方可以實施穿越，這周圍也沒什麼人。」西恩有些着急地指着一塊空地說道。

CHAPTER 2

磁力線干擾

　　我們來到那塊空地，我看了看環境，的確很適合實施穿越，我抬起了手臂，嘴對着我的萬能手錶。

　　「總部時空隧道管理員，我是阿爾法小組051號特工，我和另外兩個同事申請開啟穿越通道，請輔助我們實施穿越。」

　　「我是18號時空隧道管理員，請問穿越方式。」手錶裏一個聲音問道。

　　「定點定時穿越。」

　　「穿越的時間和地點？」

　　「目前我們所處時間的十五分鐘後，我們旁邊的特洛伊城內，這是同時段短途穿越，我們落地區域盡量避開人羣聚集地。」

　　「同意穿越，了解你們的要求。你們落地時

間預計為當地時間中午，你們需要特別留意以下事項：一，不許從穿越地帶回除任務要求外任何物品。二，不許改變歷史。三，不許利用已經獲得的歷史知識進行任何非幫助完成任務的行為。」

「明白。」

「五秒鐘後穿越通道開啟，請站穩！五、四、三、兩、一。」管理員說道，隨即，一個若隱若現的巨大管道出現了。

穿越通道大概五米長，我們邁步進入管道，隨後站定，剛剛站穩，「轟——」的一聲，一道橘紅色的閃光從我們三個人身上滑過，剎時間，我們就消失在了穿越通道中。

我們一下就被拋進了一個橫向的時空隧道之中，因為是同時段內的短途穿越，我們前進的速度不是很快，我們三個仍然手挽着手，背靠着背，身體已經橫向懸浮於隧道之中，和隧道保持着同方向的位置，我們身體承受的壓力也不大，能輕鬆調整着飛行姿態。

我們向前飛行了一段時間，前方出現了微光，我們感覺就要落地了，但是忽然「轟——」的一聲巨響，我們三個突然被一種爆炸力猛地轟擊，我們被衝散了，身體在穿越隧道中翻滾着。我感到頭暈目眩，隨後，我的身體重重地摔在了地上。

　　我看了看四周，我也不知道掉在了什麼地方，不過發現我落地的地方似乎很是熟悉，張琳和西恩都在我身邊不遠的地方，張琳先是掙扎着爬了起來。

　　「這是哪裏呀——」西恩也爬了起來，他捂着腿，「啊呀，疼死我了——」

　　「你怎麼樣？」張琳沒有什麼傷勢，她走到西恩身邊，關切地問道。

　　「腿摔了一下，很疼。」西恩叫着，「不過沒斷，放心吧，就是很疼。」

　　「休息一下就好了。」張琳安慰地説，她看看周圍，「我們怎麼被拋回來了？你們看呀，這不就是我們剛才實施穿越的地方嗎？」

張琳説得沒錯，這裏就是我們剛才實施穿越的地方，在一個丘陵的下面，颶風的風力都和剛才一樣。

　　「阿爾法小組051號特工──」我渾身發疼，也掙扎着想站起來，這時手錶裏傳出一個聲音，「我是18號時空隧道管理員，你還好嗎──」

　　「我不好，很壞。」我抬起胳膊，沒好氣地説。

　　「啊，你還活着。」手錶裏説話的是時空隧道的管理員，他很是激動，也不跟我計較，「我檢測到你們回到了穿越起點⋯⋯」

　　「怎麼回事呀？你是怎麼輔助我們穿越的？我們都是按照程式進行穿越的。」我大聲地抱怨起來，「差點摔死我們知道嗎？」

　　「磁力線，是磁力線的原因。」管理員耐心地解釋着，「穿越通道落地點有強磁力線出現，完全破壞了這次穿越，所以穿越失敗，你們被拋了回去，還好你們沒有被拋到大海裏去。」

「怎麼會有強磁力線呢?」我疑惑地問。

「我也是剛查到的,特洛伊城正在處於戰爭時期,會有很多的冶煉廠製造武器,例如箭頭和長槍的矛,剛才的磁力線就源於冶煉時產生的金屬反應,城裏堆放的大量銅礦石和鐵礦石也會產生這種強磁力線。」

「青銅時代也有鐵器嗎?」我問道。

「這是當地青銅時代末期,正在過渡到鐵器時代,有一些初級的冶鐵技術。」管理員說。

「我知道了,可是現在該怎麼辦?我們無法穿越進城嗎?」我着急地問。

「恐怕是不行了,因為我們無法精準設定一個落地點,而城裏這種冶煉場所不會只有一個,所以下一次再遇到磁力線干擾,你們被拋回來的時候,可能被拋幾十米高後才落下來,也可能直接落到大海深處。」管理員說道,「這次你們算是僥幸,其實你們無論在城外還是城內實施穿越,都會受到磁力線嚴重影響。」

「僥幸什麼呀，我的腿都要斷了。」西恩在一邊也能聽到管理員的聲音，他抱怨起來。

「明白了，18號管理員。」我清楚了事情的一切，「我們來想辦法吧，謝謝你的幫助。」

「祝你們好運。」18號管理員説道，「有什麼其他幫助隨時聯繫我們。」

我努力地站起來，走到西恩身邊，他坐在地上，雙手抱着那條受傷的腿。

「凱文，我不想被摔第二次了。」西恩皺着眉説。

「我也不想。」我聳聳肩，「管理員説得對，我們不能太過冒險，否則自己受了傷，無法完成任務。」

「凱文，我們要想辦法進城去。」張琳説道，「我看剛才庫拉斯和他們説了幾句話，就被帶到城裏去了。」

「的確，我們只能自己想辦法進城去了。」我説道，我看看西恩，「不過現在，我看好像要下雨

了，我們先找個地方躲雨，關鍵是西恩的腿要休養一下，我們還要去找些吃的。」

「我沒事。」西恩說着就站起來，不過他隨即坐在地上，捂着腿，「啊呀——啊呀——」

「你小心點。」張琳連忙扶着他。

西恩休息了一會，我和張琳扶起他，向西面走去，我們隱約看到那邊有一些人活動的景象，我們此時又累又餓。

我們判斷那些人可能是圍攻特洛伊城的亞該亞人，不管怎樣，我們先要找個避風雨的地方，還要找些吃的，反正我們又不是特洛伊人，他們不會把我們當做敵人。

我們扶着西恩艱難地走了過去，並且逐漸看清了那些人。我們的正面，大概有好幾十個人，正在忙着什麼，他們大都穿着剛才我們遇到的亞該亞軍隊的軍服。沒錯了，他們也是亞該亞人。

「喂——站住——」有兩個亞該亞人看到我們靠近，連忙走了過來，這兩個人一個胖一個瘦，看

到我們，都很嚴肅的樣子，他倆都穿着軍服，年紀都在二十歲左右，比我們大不了多少。

我們站在了那裏，瘦的那個人走近我們後，站住，盯着我們。

「你們是哪裏來的？為什麼到這裏來？」

「我們是第一……」我有些張口結舌了，我想說是第一軍團，因為剛才我們了解到，這附近有個第五軍團，但是我也不確定他們是不是第五軍團，如果他們是第一軍團，我們就穿幫了。

「第一軍團？不會吧？」瘦的那個人叫了起來，「第一軍團都是精壯漢子，怎麼會有穿着怪衣服的小孩子？」

「第一……城……」我連忙說道，「我們是第一城的，特洛伊城比我們小，是第二城。」

「比特洛伊城大？第一城？」胖的那個人說道，「南邊的那個科隆納城？科隆納城倒是歸順我們了，科隆納城也叫第一城？」

「啊，沒錯，就是從科隆納城來的。」我跟着

説道，「我們是路過的，你們還沒有打下來特洛伊城嗎？」

「管得還真多，有我們第五軍團，早晚會打下來的。」胖的那個人説，「那你們快走吧，這裏開始就是戰區，小心打起來傷到你們。」

「軍官先生，我們的朋友西恩，剛才不小心把腿扭到了，現在走不了路，我看快要下雨了，請問有什麼地方我們可以避雨嗎？」我懇求地説，「而且我們又冷又餓。」

「我們可以付錢給你們。」張琳急着摸口袋，最後掏出了幾張鈔票，我們從現代追過來，身上只有這些。張琳猛然意識到這種錢那兩個人不可能認識，想收起來但是晚了。

「這是什麼？花花綠綠的，真好看。」胖的那個人拿過張琳的錢，「這到底是什麼呀？是樹皮嗎？」

「這是……裝飾物，很好看對吧？」張琳連忙掩飾地説。

「給我一個，給我一個。」瘦的那個人叫着，也要走了一張，他把錢拿在手裏，「確實很漂亮呀，你們科隆納城真的很奇怪呀，我都不知道有這樣的好東西……應該去攻打你們科隆納城。」

「邦克，科隆納城已經降順我們了，幹麼還要去攻打他們？」胖的那個人教訓瘦的那個人來。

「噢，忘了，盧克。」瘦的那個人看來叫邦克，「我們現在要攻打的是特洛伊城……不過你不要那麼兇，我是正隊長。」

「你們幾個，去那邊的小房子裏去躲雨，一會我叫人給你們拿些吃的。」胖的那個人叫盧克，他晃了晃手裏的錢，「這個就歸我了，謝謝啦。」

「謝謝，謝謝。」我們連忙致謝，沒想到現代的貨幣也起了作用。

「你們在幹什麼呢？」我們轉身向小房子走去的時候，西恩隨口問道。

「我們在……」盧克眉飛色舞地比畫着。

「秘密，不能説。」邦克拉了一把盧克，盧克

連忙閉嘴，邦克瞪着西恩，「腿都斷了，還問這問那，快走。」

「隨便問問。」西恩不高興地說，「再說腿也沒斷，就是摔了一下……」

我們扶着西恩，走了二百多米，來到一處房子前，這附近還有幾間房子，但是都比較破敗，看上去這裏以前應該是個小村落，因為戰爭，村民們都逃走了，留下了這些房子。

CHAPTER 3

進城的辦法

　　我們進到房子裏，裏面基本上是空的，不過還算乾淨，遮風避雨也完全沒有問題。我出去在別的房子裏找到幾塊木板，回來給西恩搭建了一個簡易的木床，西恩躺在了上面，似乎還很滿意。

　　西恩剛躺下來不久，外面有個聲音傳了進來。

　　「是在這裏嗎？那三個孩子。」

　　有個看上去六十多歲的士兵提着兩個罐子站在了房子的門口，我們連忙讓他進來，這個人手裏的兩個罐子，一個裝滿了食物，一個裝滿了水。

　　「我們隊長叫我送來的，你們有人受傷了。」老年士兵邊説邊把罐子放在了地上。

　　「太謝謝你了，你是⋯⋯」我連忙道謝，問道。

　　「我叫昆塔斯，我是第五軍團的。」叫昆塔斯

的士兵説道。

「你看看你，這麼大歲數了，還來當兵，在家抱孫子不好嗎？」張琳在一邊説道。

「沒辦法，打了好幾年了，就是打不下來特洛伊城，我們邁錫尼城全部動員，老人、小孩也來打仗了，我們是最後一個組建的軍團，都是老人和小孩。」昆塔斯很無奈地説，「邦克和盧克説我們要爭氣，要打進特洛伊城給別的軍團看看。」

「你們和特洛伊人都有什麼仇恨呀？幹嘛要打仗？」西恩問道。

「我也不知道呀，邦克和盧克説特洛伊人長得不好看，這算是理由嗎？」昆塔斯倒反問起我們來了。

「這⋯⋯」張琳和西恩互相看了看，不説話了。沒有辦法，這是已經發生的歷史，我們也無法改變。

「邦克和盧克是你們的首領？」我好奇地問。

「邦克是正隊長，盧克是副隊長，我們戰隊有

一百多人。」昆塔斯點着頭説。

「那你們和特洛伊人打過仗嗎？」我又好奇地問道。

「當然打過，不過一直擔任主攻的是第一軍團和第二軍團，他們年輕，人多。」昆塔斯比畫着説，「我們五個軍團沿着特洛伊城周邊駐紮，包圍着他們，他們一般不出來，有時出來看到第一軍團就立即逃回去了。」

昆塔斯和我們説了一會話，走了。我們把罐子裏的食物全都吃了，味道確實不怎麼樣，但能吃飽。我們又喝了很多水，覺得精力都恢復了，西恩的腿也好了一些。

我和張琳讓西恩好好休息一下，外面已經下起了雨。我通過窗戶，看着外面，我在思考問題，這個問題很簡單也很現實，那就是庫拉斯就在不遠的特洛伊城裏，我們必須進城去把他抓住帶走。

特洛伊城城門緊閉，我們無法穿越進去，而且此時的特洛伊城正處於戰爭狀態，對外防範很嚴。

雨下了幾個小時，停了。我和張琳走出小房子，來到這個曾經的村落外，我們看着不遠處的特洛伊城。

　　「總不能攻打進去吧？我們只有三個人，雖然有超能力，但是攻下一座城，不現實。」張琳也很着急，她在我身邊，問道。

　　「我們要去攻城，那些人還不馬上跟上呀。」我指着前面那些忙碌的亞該亞士兵，我依稀看到了邦克和盧克，也不知道他們在忙什麼，「他們正在發愁攻不進去城呢，他們要表現自己呢。」

　　「啊，對的，我們要是攻城就變成幫助他們了，就是試圖改變已經發生的歷史的行為了。」張琳連忙説。

　　張琳説完，有些無奈地站在那裏，看着特洛伊城，她緊皺着眉頭。

　　「從城上飛過去，可是我們的能力飛不了那麼高呀，這座城的城牆我看有七、八米高，那時候的建造技術，還真是很厲害。」

「走吧，回去吧。」我看看張琳，淡淡地笑笑，「西恩醒了要是看不到我們，一定會哇哇地哭，哈哈……」

「你還開玩笑呢。」張琳略有抱怨地說，她忽然看着我，似乎想到了什麼，「凱文，分析大師，你是不是想到了什麼了？」

「走啦，走啦。」我催促地說，說着快步回頭走去。

西恩已經醒了，他當然沒有哭。看到我們回來，他有些興奮。

「有什麼新發現？能不能進入特洛伊城？」

我沒有回答他，我一回來就在房間裏看着。這間房間裏面還有一間小房間，我進到小房間，蹲下去，在地面上劃了幾下。

「我的兩位資深同僚。」我笑着走出小房間，看看張琳和西恩，「剛才，張琳說，我們能不能從特洛伊城的城牆上飛到城裏去，她自己也覺得不可能，因為那城牆很高。」

「是呀。」張琳點點頭。

「既然飛不進去，那我們就換個方向。」我指了指小房間的地面，「就從這裏，我們挖一條地道進去，旁邊的房子裏有鐵鏟，以我們的超能力，挖一條地道並不難，我們的速度會很快的。」

「啊呀，這個辦法好呀。」西恩叫了起來，「凱文，你是怎麼想到的？這樣我們就能很隱蔽地進入特洛伊城了。」

「我覺得你會有辦法的，果然真的有。」張琳同樣也很興奮，「以我們的能力，我算算，這裏距離特洛伊城牆有二百多米，用不了兩天就能挖進去，不過能不能找個靠近些的地方開挖呢？」

「附近沒有更合適的地方了，靠近城牆的地方是空地，城上的人能發現，亞該亞士兵也能發現。」我比畫着說。

「在小房間裏挖地道沒有人會發現。」西恩有些激動，忘了自己的腿傷，他先是坐起，隨後想站起來，但是腳一踩地，立即叫了起來，「啊呀……」

「你激動什麼呀？」張琳走過去，連忙把他扶住，讓他躺在木板上。

「凱文想了一個好辦法呀。」西恩躺了下去，側臉對着我，「那我們就趕快開始吧。」

確實要抓緊時間。我和張琳在那些無人居住的房間裏，找到了三把鐵鏟，還有竹筐，竹筐可以用來把挖出來的土倒掉，我們的房子外不到五十米就有一條小河，土可以掉進小河裏，我們倒不是怕特洛伊人發現，我們是怕亞該亞第五軍團的士兵們發現後，也學着我們挖地道，或者乾脆利用我們的地道，這樣我們就是去改變已經發生的歷史，違背穿越法則了。

我們回到房子裏。我先進行了測量，我的萬能手錶就有這個功能，上面還有指南針。張琳找來一塊木片，西恩正好帶了一枝筆，我畫了一張圖，從這間房子裏，可以筆直地挖一條地道直通特洛伊城，挖過城牆後，再向前挖二十米左右，找一個出口。等到抓住庫拉斯後，我們還要把地道的兩頭全

部還原，不讓人察覺出來。

用手錶測量的時候，我發現手錶螢幕有時會晃動，螢幕上也有極小的白色亮點，現在我知道，這都是因為磁力線的影響，看來不遠的城牆後，就有特洛伊人的冶煉廠。

「二百三十米，張琳，估計要明晚才能挖過去。」我在小房間的地面正中，用鐵鏟畫了一個圈，這就是開挖點。

「我覺得我好多了，明天就能加入你們。」西恩説道，此時我們把木板擺在門口，他坐在木板上，守在門口，擔任警戒，防止第五軍團的人前來。

「你好好休養。」張琳手裏也拿着一把鐵鏟，説道。

我開始挖下第一鏟，我們要斜着挖下去，大概挖兩米深的位置，隨後開始平行於地面的橫向挖掘。我們是超能力者，力度遠大於一般人，所以掘進速度非常快，沒一會，我就挖出了一個斜向的入

口，這個入口的寬度有一米多，足夠我們較為自由地進出。

　　張琳把我挖出來的土，用竹筐往外運，倒進小河裏，挖出來的土不能全部倒掉，要留下一部分，使用完這條地道還要把兩頭封堵住。

天黑之前，我已經開始平行挖掘了，我有些疲累，張琳鑽進地道，替換了我。西恩的腿傷恢復很快，他已經能扶着門站立在那裏，警惕地看着外面，防止亞該亞士兵前來。

　　天快黑的時候，我們停止掘進。張琳又找出一

張鈔票，提着一個竹筐，前去亞該亞士兵那裏「買飯」。我們都累了，也餓了，吃完飯，我們要繼續開挖地道。

張琳成功地買飯回來，吃好飯後，天也完全黑了，我鑽進了地道，我們的地道已經推進了幾十米了，我用萬能手錶上的燈照明，繼續挖掘，挖了兩個小時，非常累。張琳接替我繼續開挖，西恩説他的腿好多了，快到凌晨的時候，倒土的工作都是西恩完成的。

為了保持體力，凌晨後我們結束了工作，準備第二天繼續，這一天實在太累了，我躺在一團草上，很快就睡着了。

第二天一早，我和張琳醒來的時候，發現西恩不見了，我們嚇了一跳，不過很快西恩就提着兩筐土從地道裏走了出來。他説受傷的腿基本上復原了，今天就由他來完成主要工作。

這個上午，我們並沒有讓西恩進行太多工作，不過西恩的恢復，減輕了我和張琳的工作量，我們

掘進的速度加快。中午的時候，我估算了一下，我們已經推進了一百五十米了，這樣到傍晚，我們就能挖過城牆，進入特洛伊城了。

我把挖下來的土扔進身後的竹筐裏，隨後幫張琳把竹筐提到洞口，張琳再出洞口把土倒掉。我們快到洞口的時候，忽然聽到外面有聲音傳來。

「……小傢伙，幹什麼呢？還沒有走呀？腿好了嗎？」這是盧克在説話。

「我……好很多了，但是走路還是有點疼，我想明天……養好傷就走了。」西恩支支吾吾地説。

「緊張什麼？你那兩個同伴呢？叫什麼凱文的……」盧克問道。

「我們在……我們在……」我和張琳連忙走出去，張琳把一團草蓋在洞口上。

「噢，你們都在。」盧克看到我們走出來，説道，他提着兩個罐子，一個罐子裏是水，另一個是食物。

「我們……在休息，有點累。」我説道。

「你們都在緊張什麼？我又不是強盜。」盧克笑了，「難道在裏面挖地道嗎？」

「啊？」我們三個全都張大了嘴。

「看看你們這個樣子，開玩笑呢。」盧克説着指了指罐子，「水和食物，都給你們拿來了，不用你們再過去買了，不過……那種花花綠綠的樹皮，再給一張呀，我們將軍也想要，我那張給他我就沒有了。」

「有，還有。」張琳説着從口袋裏掏出一張鈔票，遞給了盧克。

「哈哈，謝謝。」盧克接過那張鈔票，興高采烈地拿在手裏，翻來覆去地看，「真漂亮，真漂亮……」

「我們沒有挖地道。」西恩看着盧克，直直地説道。

「知道，知道，和你們開玩笑呢。」盧克把那張鈔票放到口袋裏，「晚飯我還會送來，不過嘛，哈哈……」

「我明白，我明白。」張琳連忙説，「到時候再給你一張。」

「那晚上見了，我還要去忙呢。」盧克説着就向外走去。

CHAPTER 4

垮塌

　　盧克走了，我們三個歎出一口氣，我們要加快速度，晚飯的時候，還要防備着這個盧克，到時候他還要來。

　　整個下午，我們都在挖掘前進，我們的地道筆直地通向特洛伊城，一切進展都很順利，張琳和西恩有意地把土堆放在小房間裏，那是準備最後把洞口填上的。

　　臨近傍晚，我們感覺已經挖到城牆腳下了，再挖一會，我們就穿過城牆了。

　　「西恩，你去把張琳叫來，我們輪番挖，很快就能挖過去，然後挖個出口進特洛伊城去。」我把鐵鏟暫時放在一邊，看着手錶説道，手錶能夠測距，我們就在城牆腳下。

　　「上去的時候，不要挖開洞口，那裏全是特洛

伊人，要找個隱蔽的地方。」西恩有些激動地提醒我。

「我知道，我會聽上面的動靜的。」

「那我去了。」西恩點點頭，舉着胳膊，他也用手錶進行照明。

不一會，在房子門口放哨的張琳來了，聽説馬上就要挖過去，她很高興。

「我來挖，你們休息一會。」張琳摩拳擦掌的，她在上面放哨，也不累，此時很有力氣。

我把鐵鏟交給了張琳，張琳猛地揮鏟開始挖土，西恩把她挖下來的土放進了竹筐，我則坐在後面休息。

張琳很快就向前挖了兩米，忽然我聽到一種聲音，而且好像還有人説話，我心裏一驚。

「張琳，等等再挖。」我叫了一聲。

張琳聽到我的聲音，停止了工作，她詫異地看着我，不過隨即聽到了那個聲音。就在我們身邊，有「咔咔」的聲音，還有説話聲。

「怎麼回事？」西恩問道，他也聽到了聲音。

「咔——」的一聲，就在我們地道的左側，露出了一個洞，隨即，洞口被擴大，很快就被擴大到了一米多，土不停地從洞口往下掉。

「邦克，我們好像挖到了。」盧克的聲音傳來。

兩個腦袋從那個洞口探了出來，他們是邦克和盧克。兩個人的身後，還跟着幾個舉着火把的人，火把把整個地道照得很亮。

「啊——啊——」邦克和盧克看到我們，驚訝得大叫起來。

「你們——」西恩也驚叫起來。

「你們怎麼在這裏，你們在幹什麼——」邦克說着用鐵鏟把洞口再次擴大，隨後走進我們的地道。

「你們怎麼在這裏，你們在幹什麼——」張琳反問道。

「我們在挖通向特洛伊城的地道——」盧克

叫道，不過他隨即捂住了自己的嘴巴，「啊，不能說……」

「全都知道了，還不能說呢——」邦克揮着鐵鏟，先是瞪着盧克，又轉頭瞪着我們，「你們在破壞我們的攻城計劃……來人呀，把這幾個孩子抓起來——」

邦克一聲令下，三個他手下的士兵衝了過來，要抓我們。第一個士兵就撲向西恩，西恩正面一推，就把那個士兵推倒在地。

「哇——哇——」邦克大叫着，「還敢反抗，來人呀，抓住他們三個——」

從邦克他們的地道那邊，又過來幾個士兵，這些士兵一起撲向我們，不過被我們三個一一打倒，有兩個士兵爬起來，逃到邦克地道那邊，開始大聲呼叫，一大隊士兵聽到他們的呼叫，開始鑽進地道前來增援，邦克和盧克則一起揮着鐵鏟衝上了來。

「啊——」我們三個吶喊着，迎了上去。

我們和那些士兵打在一起，後面，越來越多的

士兵進入到地道裏，前面的士兵被我們打倒，後面的不斷湧上來。

「轟──」的一聲巨響，邦克和盧克他們挖的地道，由於上百人的湧入震動，垮塌了，幾十個士兵被土埋住，掙扎着站了起來。由於是傍晚，天還沒有黑，地道裏一下就亮了起來，我們挖的地道也開始掉土了。

大家紛紛爬上地面，我們不想被埋，跟着也爬上了地道。

「亞該亞人在挖地道，地道塌了──」特洛伊城上，兩個當值的士兵把頭探出城牆垛口，向下看着，並且大喊起來。

喊聲驚動了城裏的守城士兵，那些士兵衝上城牆，看到了城牆下的我們，我們這些人都很狼狽，頭上和身上都是土，有人不停地咳嗽着。邦克和盧克也是被手下從土裏拉出來的，盧克不停地拍身上的土。

「射擊──射擊──」城牆上，有個特洛伊的

軍官大聲喊道。

「嗖——嗖——嗖——」很多箭支飛了下來，射向我們，還有一些石塊扔了下來。

「快跑——」盧克大喊一聲，大家轉身就跑。

箭支追着我們射，有個跑得慢的士兵肩膀中了一箭，倒在地上，張琳上去拉起了他，扶着他跑。西恩揮舞着鐵鏟，擋掉很多箭支，掩護眾人逃走，我也扶着一個扭了腳的士兵，逃離了城牆下。

大家一口氣跑出去五百多米，終於擺脫了危險。我們聚在一起，大口地喘着氣，被張琳救走的那個士兵連聲道謝，我扶着的那個士兵也一直向我道謝。

「謝謝你們，多虧你們……」邦克走了過來，感激地說，不過他忽然抓了抓腦袋，「真是奇怪呀，剛才還和你們搏鬥呢……」

「你們挖地道挖到我們的地道了，還跑來打我們，真不想救你們。」西恩瞪着邦克說道。

「你還說呢，我們是要立大功，挖一條地

道進特洛伊城，這下完了，人家知道我們挖地道了……」邦克揮着手臂，激動地說。

「報告隊長。」一個年長的士兵走過來，畢恭畢敬的，「我們挖歪了，我在地面看到了，他們是筆直地挖，我們快到城牆下的時候就挖得偏了方向，直接挖到他們的地道了。」

「啊？」邦克一愣，「我們挖歪了？」

「是的。」那個士兵確認地說。

「你們這幫笨蛋，怎麼挖歪了，你們壞了我的大計劃，我們第五軍團本來能翻身的，我們能成為第一個攻進特洛伊城的戰隊……」

邦克大喊着，那些士兵全都低着頭，忽然，邦克不喊了，他看着我們，很是疑惑。

「我說，你們這幾個科隆納城的小孩，你們挖地道幹什麼？挖得還那麼直，你們也要攻打進特洛伊城嗎？」

「我們……」我當即被問愣了，我們從來沒想到會是這樣的結果，「我們……想進去找個人，這

人不是特洛伊城的人，是被特洛伊人帶進去的，我們必須找到他。」

「找誰？」邦克繼續問道。

「找……」我想了想，真的不知道該怎麼回答他，「一個很危險的人，這個人會傷害到別人，我們要進去把他帶走。」

「就你們幾個小孩子，還想進城把裏面的人帶走，說夢話呢……」盧克嘲弄地說。

「啊，是呀。」邦克拉了拉盧克，打斷了他的話，他又看着我們，「啊，那個地道，是你們挖的？」

「是，怎麼了？」西恩毫不猶疑地說，我們當然不怕這些人。

「嗯，還好，沒看出來。」盧克擺擺手，隨後笑了笑，「好啦，我們也算是認識了，剛才你們還救了我們，謝謝你們，我們之間就不要再有衝突了，我們的地道反正也挖歪了，算了。不小心破壞了你們的地道，特洛伊人現在也知道我們都用挖地

道的辦法進城，一定嚴加防範，這個招數不能用了，哎，真是抱歉呀。」

盧克的態度一下變得非常好，還很謙和，我們一時還有點不太適應。

「我們的地道……擋了你們的路，我們……也很不好意思。」西恩有些張口結舌地說。

「噢，聽上去是在諷刺我們，不過無所謂啦，我們和解了。」盧克比畫着說，「你們現在愛去哪裏就去哪裏吧，我們不管你們了，我們走了。」

「嗯？這就走了？」張琳很是奇怪地看着盧克他們，「不和我們再打一仗了嗎？」

「走，走，快走。」盧克揮着手，招呼着手下離開。

那些人亂哄哄地走遠了，應該是向附近第五軍團的駐地走去。我們三個則傻傻地站在原地，望着他們，此時天也慢慢黑了下來。

回望幾百米外的特洛伊城，一些士兵隱約地在城頭走動。盧克說得沒錯，挖地道進城的招數不能

用了，特洛伊人一定對此有所防範。

　　我們三個暫時沒有去處，只能返回那間房子過夜。我們都很不高興，如果不是盧克和邦克他們搗亂，我們現在已經進入特洛伊城了，或許甚至找到庫拉斯了。

CHAPTER 5

城牆下

　　回到房子裏，我們吃掉了罐子裏剩下的食物，算是晚飯。西恩一直垂頭喪氣的。

　　「我説，我們的分析大師，怎麼辦呀？不能挖地道了，難道我們攻打進去嗎？可是萬一城牆上萬箭齊發，我們終究會被射中的。」西恩求助一樣地對我説。

　　「我再想想……」我勉強地安慰西恩，其實目前我也沒有什麼辦法，「西恩，張琳，要不然明天白天我們在特洛伊城周圍轉一轉，看看地形，也許能找到什麼突破口，很多辦法都要先了解目標才能進行。」

　　「聽你的。」張琳用力地點點頭，她走到了裏面的小房間，「這裏要填上土吧，地道不能用了，城牆上的人只要在地面放個瓦罐，耳朵貼在瓦罐上

就能聽到地下的動靜，再挖地道他們就要灌水。」

「填上土吧，別再想挖地道了。」我説道。

我們把洞口的土填上，然後全都安靜地坐在屋子裏，我們心情都不是很好，沒有辦法，我們這些特工就是要隨時面對突發的情況。

第二天一早，我們就前往特洛伊城的城牆外，尋找機會。我們仔細審視這座特洛伊城的城牆，發現它不僅是高大，而且城牆上有多處瞭望塔，守城的人可以觀察很遠的距離，敵人攻城的時候，瞭望塔上飛出的箭支和石塊，還能形成交叉火力。

我們繞着城牆走，很快，我們就走到城牆外的一個營地旁，營地周圍有木柵欄，門口還有士兵當值。

「這應該就是第五軍團的營地，他們在這裏駐守，並且包圍着特洛伊城的這個方向。」我指着特洛伊城的城牆説，「城牆的東南面。」

「一定是第五軍團。」張琳很是肯定地説，「看看吧，守門的是誰。」

我仔細一看，營地大門站着的士兵正是給我們送過飯的昆塔斯。早上起來，營地大門口沒什麼人走動，昆塔斯站在那裏還昏昏欲睡的。

我們處於特洛伊城和亞該亞第五軍團的中間地帶，特洛伊城上，有幾個士兵遠遠地看着我們，不過因為距離遠，他們也沒辦法對我們發動攻擊，我們距離第五軍團的營地大門很近，不過昆塔斯還在那裏打瞌睡，也沒注意到我們。

「走吧，沿着城牆看一看。」我揮揮手，和兩個同伴向前走去。

我們是圍着城牆走的，城牆上，每隔不遠就有守衞的士兵，瞭望塔頂上也有士兵。我們知道庫拉斯就在城裏，我們一定要想辦法進去。

我們走了一會，不遠處，又有一個營地，應該也是亞該亞人的營地，營地裏飄着的旗子，和第五軍團營地裏飄着的旗子一樣，全都畫着一匹長翅膀的飛馬。

這個營地的大門口，和第五軍團門口不一樣的

地方，是站着兩個威嚴的士兵，全都手持矗立的長槍。

「喂——你們三個小孩子——要幹什麼——」門口有個高個子士兵，對着我們大喊起來。

「我們路過的。」我連忙説道，「我們馬上就走。」

「快點走，這裏隨時會爆發戰鬥，小心傷到你們。」高個子士兵對我們擺擺手。

「對，傷到你們。」另一個矮個子士兵跟着説。

「這就走。」西恩説道，「我説，你們是哪個軍團的？」

「就不告訴你我們是第四軍團的。」矮個子士兵喊道，「快走。」

「笨蛋，你都説了。」高個子士兵罵了起來，「你洩露了我們的秘密——」

「噢，我⋯⋯我沒有告訴他們我們是第四軍團的⋯⋯」矮個子士兵爭辯起來。

「還説，還説——」高個子士兵走過去，一拳打在矮個子士兵的鋼盔上。

「哇，哇——」矮個子士兵退後幾步，扶正了鋼盔，「你打我，我告訴隊長去，我可是隊長姑姑的堂姐的表弟的兒子——」

我們也沒想去第四軍團的營地裏，看到他倆吵鬧起來，我們連忙走了。

前面，出現了一條小河，小河上還有一座小橋。

我們走上了小橋，對面大概五百米遠，又出現了一個營地，我想應該也是亞該亞人的軍團。我們走下橋，猶豫着是不是要繼續前行，還是繞過那個營地。

我忽然想起了什麼，返身回到橋上。

張琳和西恩跟了上來，問我為什麼又走回來。

「你們看，這條河流進了特洛伊城，那裏有個水閘。」我指着城牆方向說，「特洛伊城能守住多年，水源是個重要因素，沒有水這座城早就投降

了，而這條河的流入，就為城中提供了水源。」

「是呀，我想應該是從這裏流入，從另一個方向流出，最後注入大海。」張琳望着那道水閘，説道。

「其實我想説的是⋯⋯」我看看兩個同伴，「我們可以試一試，這個水閘能不能成為我們入城的地方。」

「水閘？」西恩一愣，問道。

「來，跟我來。」我揮揮手，走下了小橋，隨後沿着河向城牆方向走去。

我看着水閘，也看着對面城牆上的一個士兵，那個士兵似乎也注意到了正在靠近的我們，他緊緊地盯着我們，不過他應該沒有非常緊張，畢竟我們沒有拿任何武器，也只是孩子。

我盡量往前走，距離水閘五十米的時候，那個士兵開始激烈地揮手了。

「你們三個，不要靠過來——」

「我們看到這裏有魚——」我指着河面，對着

那個士兵喊道，並且又向前走了幾米。

「再靠近我就射箭了，誰知道你們是不是亞該亞人——」那個士兵説着把一張弓揮了揮，「不要靠近城牆——」

「好的。」我大聲喊道，隨後退了三米。

士兵看到我們不再前進，還後退了幾步，多少有些放心了，他把那張弓放下，只是居高臨下地看着我們。我們距離水閘很近了，通過水閘的欄杆間隙，能隱約看到特洛伊城裏的情況，我看到城裏有幾個人在走動。

「看看水有多深。」我説着拾起一塊石頭，把石頭扔進了水裏。

「噗通」一聲，石頭落水，我側耳聽着聲音。

「大概三米深。」我點點頭。

「凱文，你是説我們從水閘鑽進去嗎？」張琳小聲地問道。

「你們看，這水閘門是柵欄式的。」我説道，但是手不再指向水閘門，聲音也不大，「一條一條

的，每條相距不到二十厘米，鑽是鑽不進去的，但是我們要是潛入水中，把水下的一根柵欄給鋸斷，那麼我們就能鑽進去了。」

「嗯，這個辦法好。」西恩很興奮，「我看看……我覺得柵欄應該是銅的，青銅時代嘛，比鐵的更好鋸一些。」

「我能在水下憋氣二十分鐘不用浮上來。」張琳略有得意地説，「我下去鋸斷柵欄……」

「不要着急，我們要仔細觀察一下，制定出計劃。」我説道，「剛才我僅僅是憑聲音測了水深，具體情況我們要充分準備，畢竟是在水下工作，而且上面……」

我向張琳和西恩使了個眼色，他們明白我説的是城牆上的士兵。我們的行動要是被城牆上的士兵發現了，突然向我們射箭，我們在水下又沒有防備也不好活動，危險還是很大的。

張琳走到河邊，看着河水，河水比較清澈，但是這無疑也為城牆上的士兵觀察提供了便利。

「我們晚上行動，這樣很難被發現。」張琳說道。

「應該在晚上行動。」我點點頭。

西恩跑了回去，他在那個破落的村子裏找來很長的繩，這種繩是用植物根莖編織成的，繩的一頭，被西恩綁了一塊很重的石頭。

我們把石頭用繩垂放進河裏，測量出河水的具體深度，我們還觀察了水流，這條河的水流也不是很快，適合較長時間藏身於水下。

「目前就是水溫問題，天氣寒冷，水溫也低，人在下面可能會被凍傷。」張琳有些憂心地說。

「我們三個可以輪流來，而且前兩天我在村子裏找木板的時候，發現有個罐子裏有很多的皂液，這是當時的人用來洗衣服的，塗抹在身上遇到冷的水能夠固化，能幫我們抵禦寒冷。」我說道。

「那太好了，這你都想到了。」西恩很是高興，「鋸子就用這個……」

西恩說着，指了指自己的手錶。我們的手錶底

盤，就像是瑞士軍刀那樣，疊着三件特種工具，其中就有微小型的鋸條，只不過用這種微小型的鋸條鋸那個兩根手指粗的銅柵欄，需要一些時間。

我們一直在河邊，應該是引起了城牆上士兵的懷疑，除了剛才那個士兵，又有三個士兵站在城牆上，對着我們指指點點。

「走吧，他們起疑心了，這裏不能待太久。」我小聲地說。

「我記住這裏的景象了，晚上游到水閘下就可以了。」張琳說道，「我第一個下水去鋸柵欄。」

我們三個離開了那裏，回頭走去。我們繞過了第四軍團的營地，從第四軍團營地後向我們住的那個村子前進。第四軍團後面，是一大片的草叢，裏面最高的草有半米多高。

「我怎麼覺得身後有什麼東西呀。」張琳本來向前走着，忽然回頭看了看，「是不是有誰跟着我們呀？」

「是那幾個城牆上的士兵嗎？」西恩脫口而

出。

「西恩，他們要跟着我們就必須先出城，城外就是亞該亞人，他們不敢。」張琳教訓地説。

「噢，算我沒説。」西恩連忙聳聳肩。

我看了看身後，風把高草吹得擺來擺去的，倒是沒有發現有什麼人跟蹤。

「那我們走吧，我想也不會有什麼人跟蹤我們吧。」張琳説着又向後面看了幾眼，「亞該亞人也不知道我們的身分，而且他們和我們也沒有任何關係。」

「是呀，他們也不知道我們是穿越過來的，我們也沒有威脅到他們。」西恩跟着説道。

CHAPTER 6

鋸柵欄

　　我們繼續向前走去，很快就來到了第五軍團的營地後，我們轉了個彎，回到了村子裏。

　　我們休息了一會，隨後，我去房子那裏，把皂液罐子拿來。我們決定晚上行動，趁着夜色，沿着小河潛行到城牆邊，再跳進水裏鋸斷柵欄。

　　我們的午飯和晚飯，是張琳解決的，她拿着鈔票，給了第五軍團在營地外遊蕩的兩個士兵，兩個士兵很高興，很快就提了一罐食物和一罐水，我們要吃得飽一些，在寒冷的水下活動，食不果腹可不行。

　　晚飯後，天很快就黑了下來，我們又等了幾個小時，估計城牆上的大部分守衛都去睡覺了，我們出發了。我們利用月光的照明前行，只不過不斷飄過的烏雲總是遮蓋住月光。

很快，我們就來到了小橋那裏，我們向城牆上看去，依稀看到有個人影在城牆上走動了不到一分鐘，隨後這個人影也不見了。

我揮揮手，沿着小河向前走去，我放低身子，盡量不發出任何聲音，張琳和西恩緊跟着我，我們的速度都很快，不一會就衝到了城牆下。

我們的身子緊貼着城牆，我向上看了看，城牆上非常安靜，好像一個人都沒有。

「我先下去。」張琳小聲説道，「十分鐘後上來。就按計劃好的，我去鋸最左邊那根。」

我小聲答應一聲。我們的身上已經塗抹了皂液，張琳走到河邊，把腳探進河裏，她緩緩入水，生怕響聲驚動城牆上的士兵。

我們計劃潛到水下半米處開始鋸柵欄，只要把柵欄從中間鋸開，形成上下兩段，我們就能用超能力把兩段柵欄掰彎，一個大缺口就露出來了，我們也就能鑽過了。等我們抓住庫拉斯回來，再把兩段柵欄掰直，恢復成以前的樣子。

張琳在水下鋸柵欄，我們雖然就在岸邊，也聽不到任何聲音，城牆上如果有士兵，當然也不會聽到任何聲音。

　　「那邊好像有什麼東西閃了一下呀。」西恩緊緊地挨着我，手指了指小橋那邊，小聲地說。

　　「有嗎？」我向那邊看到。

　　「剛才……好像有。」西恩又看了看，「也許是我太緊張了。」

　　我仔細地看了看，什麼都沒看到，月亮又被一塊飄過的烏雲遮掩住了，我更看不清了。等到那塊烏雲飄走，月光重新鋪灑下來，我什麼都沒有發現。

　　水面冒出張琳的頭，隨後，她游到岸邊，我和西恩扶着她上岸，張琳渾身發抖。

　　「鋸開了四分之一……」張琳說道。

　　「你還好吧？」我急忙問。

　　「沒問題，沒有想像的那麼冷。」張琳說道，「我緩一緩就好了。」

「我下去，十二分鐘後上來。」我説道，「西恩，你們守好上面。」

我也像張琳那樣，慢慢地潛入水下，水下很是冰冷，我游到了最左邊的柵欄處，用手摸着欄杆，很快就摸到了張琳鋸開四分之一的位置，我把手錶取下來，把錶背的鋸條展開，隨後開始鋸欄杆，我們的鋸條太小，只能慢慢鋸。

由於我的身體是活動的，所以一開始並不感覺很冷，但鋸了五分鐘後，我感到渾身發冷了，不過我顧不得這些，繼續鋸着。

我的手錶設定了十二分鐘，這大概也是我在水下的極限值了，柵欄已經被鋸開將近一半了，手錶提示音響起，我浮到了水面上。

西恩把我拉上了岸，我靠着城牆坐下，渾身瑟瑟發抖。西恩對我點點頭，走到岸邊，隨後慢慢入水。

張琳已經恢復了很多，她在做着再次下水的準備，她運動着身體，不過也時刻關注着城牆上的動

靜，盡量不發出聲響。

十多分鐘後，我恢復了很多，水面上冒出了西恩的頭，他游到了岸邊，我和張琳一起把他拉上岸。

「實在堅持不住了，大概還有五分之一就能徹底鋸斷了。」西恩説道。

張琳一句話都沒説，直接走到岸邊，下到水下，西恩則像我一樣靠着城牆。不一會，張琳冒出水面，向我們招手。

「鋸斷了，下來幫我把柵欄掰彎，我們就可以游進去了。」

我和西恩連忙來到岸邊，隨後開始下水，我們潛到了水下，我打開手錶的照明功能，看到前面那根被鋸斷的柵欄。

我們游到柵欄那裏，柵欄已經鋸開為兩段，我和張琳用力掰下面那段，西恩一個人掰上面那段。很快，兩段柵欄被掰彎，一個能容納一名成年人進出的缺口出現了。

我在水下，指了指前面，示意大家先後游過去，忽然，我感覺我的腳被人拉住，根本不能動彈。

　　我連忙用手錶照射身後，我差點暈過去，只見我的身後，有着大批潛泳的亞該亞士兵，不僅是我，張琳和西恩也被他們牢牢地抓住了腿。

　　我用力掙脫抓着我的腿的士兵，有兩個士兵從我身邊游過去，排着隊鑽進了我們掰開的柵欄口。

　　西恩和張琳用力掙脫着，浮到了水面上，幾個士兵一起浮了上來，我在水下都聽到他們在上面的扭打聲了。

　　我用力一蹬，擺脫了束縛，也浮到了水面上。

　　「你們是誰──」西恩和一個士兵互相揪着，扭打在一起，「打呀──」

　　我們的喊聲驚動了城牆上的士兵，那些士兵大呼起來。

　　「亞該亞人從水閘進來啦──」

　　城上忙成一團，城下的小河裏也是一樣，大概

有十幾個士兵借着月光的照射攻擊我們，我們在水裏一時施展不開，於是連忙游向岸邊，那些士兵緊緊地跟隨着。

岸邊，也有上百個亞該亞人的士兵，我們也不知道他們是從哪裏來的。

上岸後的我們，如虎添翼，很快就把跟上岸的十幾個士兵打倒在地，不過水閘那邊傳來「嘎吱吱」的聲音，好像是水閘內側傳出來的。

岸邊有一些士兵看到自己的同伴被打倒，撲了上來，我們三個聯手把他們也打倒，地面上，頓時躺着二十多個士兵，剩下的士兵嚇壞了，他們距離我們十幾米，手持着各種武器，但是不敢過來。我忽然發現，為首的居然是那個邦克，邦克看到我們，似乎有些尷尬地退到幾個士兵身後。

「亞該亞人要從水閘進來──」城牆上，有人大喊起來，「關閘門──關閘門──攻擊他們──」

城牆上一片忙亂，隨即，亂箭從城牆上射了下

來。城牆下的我們，包括那些亞該亞士兵，轉身就向安全地帶跑去。很多箭支也射向水閘前的小河，因為不少亞該亞士兵已經浮上水面，而用火把照亮景象的特洛伊士兵已經發現了小河河面上的人。

城牆下，小河裏，一片大亂，嚎叫聲、怒吼聲響徹一片，亞該亞士兵被發現，全都開始後撤，小河裏的人也拚命游走。而水閘內側，一扇水門慢慢落下，把河道完全封死，也封死了從鋸斷的銅柵欄游進特洛伊城的通道。

我們三個一口氣跑了五百米，總算是跑到了安全地區，我們身邊全都是亞該亞士兵，他們一個個都很狼狽。

我喘着氣，有幾個亞該亞士兵舉着火把從不遠處跑了過來，把我們這裏的景象照得很明亮。我發現了士兵中的邦克。

「第五軍團的，你們這是幹什麼？」一個舉着火把的士兵走到邦克身邊，「半夜偷襲特洛伊城嗎？」

「你管不着，走開。」邦克沒好氣地説，「你看清楚，我是隊長，和隊長説話要尊重些。」

「我們隊長説你們都是笨蛋，我也是這樣認為的。」那個士兵説道，「是他讓我來問問發生了什麼事。」

「第四軍團的，沒有規矩，敢嘲笑隊長——」邦克説着就把手裏的刀抽了出來，威脅那個士兵。

第四軍團的幾個士兵慌忙跑掉了，我則衝上去，一把拉住了邦克。

「這是怎麼回事？你們的士兵怎麼出現在水下？」

「我……」邦克看着四周，就是不看我，「今天天氣還不錯……」

「你説呀——」我大聲地問道。

「邦克——邦克——」盧克渾身是水地跑了過來。我們基本是沿着小河撤離的，小河就在我們身邊不遠的地方，距離我們幾十米處，大批士兵正在上岸。

「怎麼啦？盧克？」邦克連忙問。

「昆塔斯和另外兩個士兵衝進去了，但是被關在水閘裏了，現在一定被特洛伊人抓住了。」盧克垂頭喪氣地說。

「哇——哇——就衝進去三個人——」邦克大叫着。

「你還沒回答我的問題呢？你們的人怎麼會出現在水下？」我拉着邦克，繼續問道。

「跟蹤你們呀，邦克說你們那麼短時間就挖了那麼長的地道，你們還能幫我們的兵抵擋特洛伊人的箭，一定非常厲害，你們自己也說要進到特洛伊城去，我們就派人跟蹤你們呀，看看你們是不是有什麼新的辦法進城去。」盧克一口氣地說，「這麼簡單的事情都想不到嗎？」

「盧克，你怎麼全都說了？你這個大笨蛋——」邦克氣得大叫起來。

「沒有呀，沒有全說，我們派出跟蹤他們的人發現他們想從水閘下進城，我們就一起偷偷跟了過

來就沒説。」盧克一臉無辜地説道。

「大笨蛋，別説了——」邦克指着盧克，有些憤怒地説。

「報告隊長──」一個士兵匆匆地跑來，指着城牆那邊，「特洛伊人把我們衝進去的三個人都給抓了，正在城牆上喊話呢，説要把我們的人扔下來──」

「什麼？」邦克大吃一驚，「去看看──」

邦克説着帶着那些士兵向城牆那邊跑去，城牆那邊，確實有特洛伊人的喊話聲，我們三個也跟着跑了過去。

「喂──亞該亞人──無恥之徒──」一個聲音從城牆上傳來，「活捉你們三個傢伙──要扔下城樓了──」

「救命呀，救命呀──」昆塔斯的聲音也從城牆上傳來，「我不想被扔下去，會沒命的──」

「就是要你的命。」喊話的人是特洛伊人的一

個軍官，他好奇地看着昆塔斯，「否則不就等於把你給放了嗎？」

「喂——特洛伊人——」邦克在城牆下，大喊起來，不過因為害怕特洛伊人射箭，我們距離城牆還比較遠，「不要傷害他們——」

「你是誰？你是他們的隊長嗎——」那個軍官喊道。

「我是他們的隊長，我叫邦克——」邦克揮着手，「昆塔斯——不要害怕——」

「昆塔斯——他們是嚇唬你的——他們不敢——」盧克跟着喊道。

「我不敢？」軍官聽到這句話，笑了起來，隨後他板起臉，「來人，把這個叫昆塔斯的扔下去——」

「不要呀——不要呀——」昆塔斯哭喊起來，「我不是昆塔斯，其實我是斯塔昆——」

「盧克，不會説話就不要説——」邦克轉頭瞪着盧克，「不要刺激他們——」

盧克馬上捂住了嘴巴。我看了看身邊的張琳。

　　「真要是把昆塔斯扔下來，我們要救呀。」我壓低聲音說。

　　「明白，一定的。」張琳點點頭，「我準備好了。」

　　城牆上的那些士兵，並沒有真的把昆塔斯扔下來，那個軍官指着邦克。

　　「喂，告訴你，不把他們扔下去也可以，你要答應我一個條件。」

　　「什麼條件？」邦克連忙問。

　　「我們可以釋放這三個俘虜，但是要交換，你們給我們一百斤大麥、一百斤豬肉、一百斤橄欖油——」軍官開出了條件。

　　「哇，你們真敢要——」邦克跳了起來，很是憤怒。

　　「隊長，給他們呀，我不要被扔下去呀——」昆塔斯叫了起來。

　　「隊長救命——」另外兩個士兵也喊叫起來。

「一百斤大麥、一百斤橄欖油——」邦克對着那個軍官喊道，「五十斤豬肉可以嗎——」

「為什麼——」軍官叫了起來，「你還討價還價嗎——」

「因為豬肉最近漲價了——」邦克有些理直氣壯地説，「戰爭期間呀，不好運輸——」

「不行——」軍官吼叫起來，「就一百斤豬肉——」

「哇——哇——我們還不如五十斤豬肉呀——」昆塔斯和另外兩個士兵大哭起來。

「哼，這算什麼隊長，散夥吧——」城牆下，一個站在邦克身後的士兵揮揮手，「虧我們還一直跟着他打仗——」

上百個士兵一哄而散，這下邦克着急了。

「一百斤，一百斤——」邦克喊叫着，「大家不要走——盧克，你也説句話呀——」

「你不是叫我不要説話。」盧克説着又把嘴捂住了。

「好，九十九斤……」邦克指着城牆上的軍官，「……一百斤，一百斤就一百斤，把我們的人放了——」

「一百二十斤——」那個軍官大聲吼道，「現在又漲價了——」

「一百二十斤，快給他們去拿——」邦克轉身瞪着一個士兵，隨後看着城牆上的軍官，「不能再漲價了，就一百二十斤——」

「快，再晚點我還漲價——」軍官有些得意地說。

特洛伊城軍官需要的物資，很快被抬了過來，特洛伊人從城牆上放下三個大筐。邦克讓士兵把物資放進大筐裏，特洛伊人把筐拉上了城牆。隨後，他們用這三個大筐，把被抓的昆塔斯三人放了下來，昆塔斯終於回到了亞該亞人的隊伍裏。

「邦克隊長，我昆塔斯回來了，我不是塔斯昆。」昆塔斯驚魂未定地說。

「你們三個……」邦克咬牙切齒地，「怎麼被

活捉了？你們不能快點游回來嗎？哎，可惜我的那些豬肉……」

邦克說完揮揮手，帶着那些士兵就要離開。我急忙衝了上去，拉住了邦克。

「邦克隊長，現在要說說我們這件事了，你為什麼跟着我們？你把我們的計劃都破壞了。」

「你別拉我……」邦克用力掙脫我，「我要回去了……」

張琳和西恩走過去，站在邦克面前，擋住了他的去路，那些士兵看到隊長被攔住，全都圍上來，又把我們圍住了。

「我很想和你們練習一下拳腳。」西恩笑着看看那些士兵。

士兵們剛才被西恩和張琳教訓過，他們都知道我們的厲害，全都後退了一步，很是畏懼地看着我們。

邦克也知道我們的厲害，他勉強地笑了笑。

「誤會，我們之間有誤會。」邦克說道，「我

們其實就是想攻進特洛伊城去，我知道你們很厲害，也知道你們想進城去找一個什麼人，就派人悄悄地觀察你們，看看你們能有什麼辦法進城。我研判出了你們要從水閘通過，我們其實早就想過去鋸斷銅柵欄，可是這裏一年四季水都很冷，人在水下待不了多長時間，在水上面鋸又會被立即發現，所以剛才我就帶人跟着你們……破壞了你們的計劃，我們不想的，我們也想進城去呀，為什麼要破壞你們的計劃？」

「你？」我拉着邦克，一時説不出話來。

「哎呀，對不起啦，我們以後不跟着你們了，我們會憑自己的本事把特洛伊城攻打下來……」邦克討好地説。

「你們別生氣了，下次我們會注意的。」盧克忽然在一邊説。

「還有下次？」張琳瞪着盧克。

「不會説話就不要説話——」邦克對盧克喊道，他對盧克可是很不客氣的。

「沒辦法，放了他們吧。」西恩對我聳聳肩，我們好像拿這些人也沒什麼辦法。

「食物和水還是我們賣給你們的呢。」邦克說着忽然一笑，「我說，我猜你們根本不是這裏的人，你們到底從哪裏來呀？」

「你還想問我們從哪裏來？」我生氣地瞪着邦克。

「不問了，不問了，算我沒說。我們有些小誤會，我也道歉啦。」邦克恢復了討好的態度。

「今後，不要跟着我們──」我也拿他們沒什麼辦法，只能這樣狠狠地說道。

「不會了，再也不會了。」邦克連忙笑嘻嘻地說。

「隊長──」一個士兵突然跑了過來，他跑到邦克身邊，立正站好，「將軍叫所有隊長去召開會議。」

「這麼晚開會？」邦克說着看了看我，「我去開會了，不會跟着你們了，嘿嘿嘿……」

我也沒説話，邦克點了點頭，隨後帶着那些士兵離開了。

　　「這些人……」張琳看着那些遠去的士兵，歎了口氣，「真是沒辦法……」

　　我們三個回到了那所小房子，原本想今晚進入特洛伊城抓住庫拉斯，沒想到一切都化為泡影了。

　　此時，我只能讓大家先休息，這一晚上太累了，我們的身體其實還都是濕的，只能等到明天起來，再想下一步的計劃了。

　　第二天早上，我們三個因為太累，都在熟睡，這時，一陣陣激烈的爆炸聲突然傳了過來。

　　「怎麼了？」我從鋪着的乾草上坐起來，聽着外面的聲音。

　　「還有喊殺聲呢。」西恩也坐了起來，「這是怎麼了？」

　　我們三個尋着聲音，走出了房子，到了外面，爆炸聲和喊殺聲更加清晰了，應該就是從特洛伊城

那邊傳過來的。

　　我們立即向特洛伊城方向跑去。我們來到一處小山丘上，眼前的景象盡收眼底，我們距離特洛伊城不到五百米。前方，上千人的亞該亞戰隊正在向特洛伊城發起攻擊，這是亞該亞人第五軍團的攻擊。更遠處，還有上千人在圍攻特洛伊城，那應該是第四軍團的攻擊。喊殺聲此時連徹成片，亞該亞人明顯正在全體圍攻特洛伊城。

　　我們看到，十幾個亞該亞士兵抬着梯子，衝向特洛伊城，城上箭支、石塊立即打了下來，好幾個士兵沒有衝到城牆下就倒在了地上。衝到城牆下的士兵立即把梯子搭在城牆上，幾十個人跟在後面，看到梯子搭好，開始爬城，城上的石塊亂如雨下，對着爬梯子的士兵就砸了下來。這些士兵身後，亞該亞士兵的掩護隊伍對着城牆上瘋狂射箭。

　　更遠處，第四軍團的士兵推着一輛攻城車，車頂的射擊塔不斷有箭支飛射向特洛伊城，而特洛伊城的士兵開始對着攻城車射出箭頭着火的箭支，射

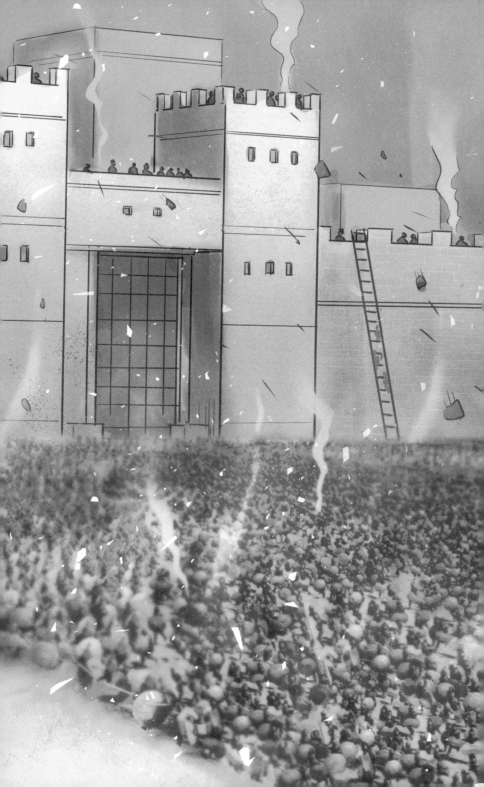

擊塔那裏很快就燒着了，濃煙冒了出來。

第五軍團這邊，有好幾個士兵都要爬到城牆上了，城牆上伸出無數枝長槍，對着那些士兵猛刺，兩個士兵掉下了梯子。他們的身後，更多的士兵抬着梯子向城牆衝過去。

我們正在觀察，忽然，特洛伊人的城門打開了，一大隊的特洛伊士兵突然衝了出來，直接殺向第四軍團的一個戰隊。第四軍團這個戰隊人數少，兩軍打了一會，第四軍團的人不敵特洛伊人，四散而逃，特洛伊人繳獲了好幾個梯子，還有一些梯子被第四軍團扔在地上。特洛伊人想把梯子都撿走，但是這時，第四軍團來了增援，幾倍於特洛伊人，特洛伊人看到對方人數眾多，打都沒有打，扛着梯子就跑回城，隨後禁閉城門。第四軍團和城門上的特洛伊人互相射了很多箭後，也走了。

「這特洛伊人看來也不是被動防守呀，也經常主動出擊。」西恩感慨地説。

「是呀，明顯是看準機會就出來打一下。」張

琳説道。

「可是這樣打來打去真是太殘酷了。」西恩有些氣憤了，他站了起來，「不能這樣呀，必須制止他們⋯⋯啊⋯⋯」

西恩説着，突然捂住胸口，身體好像也站立不住了。

「我好像觸碰了穿越法則了，不能去改變已經發生過的歷史。」西恩説道。

「你想制止這場已經發生過的戰爭，那是不可能的。」張琳説道，「別衝動，真去改變的話，我們會被立即拋到不知道哪個空間的。」

「好的，我知道了。」西恩握着拳頭，無限遺憾地説。

「不能去改變已經發生的歷史，但是我們可以借用一下這場戰鬥。」我説着站了起來，「我們去撿個梯子，趁亂爬到城牆上去，我們不是攻城，進城後也不和特洛伊人發生衝突，我們只需要把庫拉斯抓回來。」

「啊呀，這個辦法好。」張琳激動起來，「我們找個空檔，特洛伊士兵都忙着和亞該亞士兵作戰呢，我們能找到空檔的。」

CHAPTER 8

去海上抓魚

　　我們三個一起向山丘下跑去。在奔跑的時候，我就觀察到了一個地方，亞該亞人的第五軍團正在我們西面大概一百多米抬着梯子攻城，我們的正面沒有亞該亞士兵，城牆上也只有幾個特洛伊士兵走動，只要放上一個梯子，我們快速爬上去，那就是進了特洛伊城了。到了城牆上，會有士兵來阻攔，我們可以閃過他們，而進到城裏去後，他們忙着守城，應該不會追趕，即便追也追不上我們。

　　我們快速地衝到城牆前，亞該亞人士兵都在輪番攻城，沒什麼人注意我們。地上，有一個被遺棄的長梯子，張琳和西恩一前一後抬起梯子，向城牆跑去，我跟在後面，準備爬城。

　　張琳和西恩衝到了城牆下，他倆快速把梯子架在城牆的垛口上，我飛身一步就上了梯子，隨後向

上快速攀爬，張琳隨即跟上，最後是西恩，我們三個一起向上爬去。

就要到垛口了，我很是高興，也有些緊張。

「亞該亞人偷襲——」一個士兵發現了我們，立即大叫起來。

再往上一米，就是垛口了，這時，一根長長的木棍伸了過來，木棍頭部是一個半月形的銅器，半月頭頂在了我們梯子最上方的橫杆上，隨後就有吶喊聲響起。

特洛伊士兵們用木棍把我們的梯子頂了起來，我想這根木管起碼有五個人在操作，梯子被頂離了垛口，隨後梯子被頂得翻轉過去，我們三個立即從梯子上掉了下來。

張琳和西恩由於距離地面近，掉在地上就地一滾，站了起來。我距離地面最高，掉落的時候在空中失去平衡，重重地摔在地上，要不是我是超能力者，這下一定被摔成重傷，甚至更嚴重。

張琳和西恩扶起了我，正在這時，城牆上有石

塊擲了下來，我們慌忙逃走，我們沒跑多遠，箭支從垛口射了下來。

張琳已經抽出了霹靂劍，她把箭支擋開。我忽然發現，上百個第五軍團的士兵跟在我們身後，此時正看着我們，帶隊的還是那個邦克和盧克。

「嗨，你們三個，繼續呀，我們還有梯子呢。」邦克眉飛色舞地説，「你們上城速度可真快，就差那麼一點點了，你們不要灰心，我的媽媽就經常告訴我，遇到挫折千萬不要灰心，要繼續努力……」

「我也是，我外婆這樣和我説過，雖然我沒怎麼聽。」盧克跟着説道。

「你們──你們怎麼又跟着我們──」我非常生氣，大聲地怒喝。

「誰跟着你們呢？這次是你們自己跑過來的。」邦克理直氣壯地説，「我們正在攻城，你們突然跑來搬個梯子爬城，又不是我們請你們來的。」

「我⋯⋯你⋯⋯」我一時語塞，好像邦克説得確實有道理，我們確實是自己跑過來的。

「我們攻我們的，你們攻你們的，幹嘛跟着我們呀。」張琳氣呼呼地説，「是不是想等我們攻上去後，你們立即跟上呀？」

「啊⋯⋯」邦克轉轉眼珠，突然看到了城牆邊的梯子，眼睛一亮，「你們未經允許，就使用我們的梯子，這種梯子很貴的，都給你們用壞了，我們要你們賠我們的梯子呢。」

「梯子就扔在地上，我們在地上撿的。」西恩揮着拳頭説。

「那是我們暫時放在那裏的⋯⋯」邦克指着那個梯子。

「不對，我看見是你們逃跑的時候扔了的。」張琳説道，「梯子上還扎着一枝箭呢，是我拔掉的。」

「暫時扔掉的，我們來不及收起來⋯⋯」邦克説。

「行了，夠了。」我擺了擺手，「張琳，西恩，我們走，不在這裏了——」

「隊長——隊長——」一個士兵跑過來，對着邦克先行禮，「將軍問我們在這裏幹什麼，怎麼不去攻城，他懷疑我們臨陣逃脱……」

「大家跟我走——」邦克瞪了我們一眼，隨後招呼那些士兵，一起向剛才他們攻城的地方跑去。

「走吧。」我看了看對面的城牆上，城牆上此時已經站着二十多個士兵了，也遠遠地望着我們，「城牆上的士兵都是有防備的，他們畢竟和亞該亞人打了好幾年仗了，應該不會被偷襲，我們還要再換個方式進城。」

沒有辦法，我們三個離開了戰場。不遠處，邦克和盧克指揮着那些士兵，對特洛伊城展開了又一輪的攻擊，那些士兵抬着梯子，冒着城牆上射下來的箭支和投擲下來的石塊，把梯子架在城牆垛口，開始爬城。

我們不能阻止這場交戰，也不能利用這場交戰

進入到特洛伊城去。我們回到了那間房子，坐在裏面，很是沉悶。我一直在想進城去的方式，我們必須把庫拉斯抓捕回現代。

房子裏很安靜，但是外面就不一樣了，喊殺聲不斷傳過來，也不知道亞該亞人是不是下了死令，從早上一直到中午，持續的攻勢就沒有停止過。亞該亞人忙着打仗，我們也無法去第五軍團買食物。我和西恩在破敗的房子裏找了不少材料，製作了弓箭，我們決定去海裏捕魚，解決我們的午餐和晚餐。

張琳卸下來兩塊門板，拼在一起，我們用這種簡單的木筏漂到海上去才能射海裏的魚，這裏每家都有門板，房子裏也有不少家具和工具，這個村子看來再也不會有人來住了，這些材料我們都能使用。

我們來到了海邊，先把木筏放到海上，張琳在海邊等我們，我和西恩上了木筏，他還找了兩根木板，當做槳。我們划着進入大海深處，海水比較

清澈，很快，我們就看到水下游動的魚。我穩住木筏，西恩很快就射到了兩條很大的魚。

這兩條魚足夠我們吃一天，我們划着木筏回到了岸邊，張琳看到我們抓到兩條大魚，很是高興，比較難得地誇讚起我們來。

我們把木筏拉上了岸，然後提着魚向我們的住處走去，沒走多遠，遠處傳來一陣聲音，我們想躲避都沒有地方，因為這是一大片空地。我們站在那裏，看到有兩匹馬飛快地跑了過來，兩個亞該亞士兵騎在馬上，他們似乎在忙着趕路，看都不看我們，騎着馬從我們身邊跑過，很快就跑遠了。遠處，特洛伊城那邊的喊殺聲似乎停了下來。

「啊，沒什麼事，他們忙着打仗。」西恩説道，「根本也不管我們。」

「西恩，我們要不要把木筏拉回去？萬一被人拿走了，我們就無法再下海抓魚呢。」張琳説道。

「這裏沒人，誰會拿走我們的木筏呀？」西恩滿不在乎地説，「再説那個村子裏有很多門板，還

有木頭，都可以做木筏。」

「不做木筏，我們做一匹木馬怎麼樣？」我忽然説道，因為我已經有了想法，我看到兩匹跑過去的馬，又聽到了西恩剛才的話。

「凱文，你説什麼？」西恩疑惑地問，「什麼木馬？」

「特洛伊《木馬屠城記》呀。」我有點點的激動，「《荷馬史詩》有過描述，希臘人久攻不下特洛伊城，假裝敗走，留下一匹巨大的木馬，其實木馬裏藏着許多士兵，特洛伊人把木馬當做戰利品拉回到了城裏。半夜，藏在木馬裏的特洛伊人鑽了出來，襲擊並佔領了這座城市。」

「我們要做匹木馬嗎？是這個意思嗎？」張琳急着問道，「我們也要藏進木馬裏被拉進特洛伊城嗎？」

「做一匹小木馬，因為我們只有三個人，而且也不以佔領特洛伊城為目的。」我點着頭説，「特洛伊人連亞該亞士兵的梯子都搶回去，我們做一匹

木馬，一定也會被搶回去。」

「特洛伊小木馬——」西恩激動地説，「凱文，你真是我們的分析大師，可是，做一匹木馬沒問題，村子裏有的是木頭，但怎麼讓特洛伊人把我們的木馬拉進城去呢？」

「這個……」我眨了眨眼睛，「其實也不難，關鍵是，我們現在必須有一匹木馬。」

「燒了這兩條魚，吃飽後我們就做木馬呀。」西恩越説越興奮，「古老的《木馬屠城記》，我們這就用一用。」

張琳和西恩燒魚的時候，我開始畫建造圖了。木馬的馬頭部分，我們要做得精細些，讓人一看就知道是馬頭，馬頭上還有韁繩。木馬的身子，我設計成了一個長方形，稍微簡單了些，但是足以讓我們三個藏身。我用四個輪子代替了馬腿，還有一條馬的尾巴，用乾蒿草替代。設計圖我是用隨身帶的筆畫在一塊木片上的。

張琳和西恩都非常認可我設計的木馬外形，看

到這樣一個木馬，特洛伊人一定有好奇心。

張琳和西恩燒的魚味道真好，比亞該亞士兵拿來的食物好多了。我們把兩條魚全部吃光，隨後開始了工作。

我們先是在村子裏四處收集材料，很快就找到很多的木板和木塊，鋸開這些木板和木塊比較難，因為我們缺乏工具，但是張琳説用她的霹靂劍，我們可是超能力者，完成這些都完全沒有問題。

我用一把青銅鏟，外加一個錘子，把一塊大木塊做了一個馬頭，這花了我整整一個下午的時間。張琳和西恩建造了木馬的身子，這基本上都是用木板來完成的。我們也找到了一些鐵釘，這對我們太重要了，那些木板就是要用鐵釘才能釘在一起的。

CHAPTER 9

終於進城了

　　特洛伊城那邊，喊殺聲早就停止了，西恩還跑過去特意看了一下，他回來告訴我們，亞該亞人沒有攻進去，全都收隊回到各自營地了，這次全面的圍攻，看上去他們又一次失敗了。

　　到了傍晚的時候，我們的特洛伊小木馬基本上已經成形了，這匹木馬的身子很關鍵，因為我們要藏在裏面，不被特洛伊人發現，所以我們使用了三層厚木板，還設計了一扇暗門，這是我們進出木馬的門，很隱蔽，確保特洛伊人發現不了，我們把這扇門設計在馬的肚子上，特洛伊人應該不會去觀察馬的肚子。

　　這一天我們很累，早早休息了。第二天一早，我們完善了小木馬，木馬的行動依靠四個輪子，而四個輪子每個直徑都有一米寬，很結實，要確保木

馬能被特洛伊人順利拉進城。

　　大概在中午的時候，我們的特洛伊小木馬正式完工了，小木馬仰着高傲的馬頭，遙望着遠方的特洛伊城，彷彿馬上就要進城一樣。

　　「現在，我們還缺道具，我們要三套亞該亞士兵的衣服。」我看着做好的木馬，説道。我們的計劃要一步一步地進行了。

　　「第五軍團營地後面，有晾衣杆，上面有很多衣服。」西恩説道，「我去弄三套回來。」

　　「小心點，我和你去。」張琳説道，「衣服大小要合適。」

　　「第五軍團有好多小兵，和我們差不多。」西恩笑了笑，説道。

　　我看護着做好的木馬，張琳和西恩出去了。大概半個多小時，他倆興奮地跑了歸來，他們弄到了三套亞該亞士兵服。

　　我們開始試穿士兵服，三套士兵服，多少還是大了一些，不過我們就用一下，並不是一直長期

穿着這身衣服。為了不被發現，西恩順便拿回來一些晾曬的布，張琳做成了簡易的披風，在特洛伊城內，我們就要用披風擋住亞該亞軍服。

西恩找了一根長木棍，做成長槍的樣子，我找來了射魚用的弓箭，張琳就使用她的霹靂劍，我們三個準備好了，要去攻打特洛伊城了。

西恩先偵查了一下，此時，我們房子前面的第五軍團，以及旁邊的第四軍團，那些士兵全都在營地裏，昨天整天他們都沒有攻進城去，一定很累了，現在全都在休整。

我們決定繞過第五軍團，距離他們遠一些，避免讓他們發現我們去攻城，從而再生出事來。我們這兩天反覆確認過了，邦克沒有再派人來跟着我們，也許是他真的害怕了，也許是他要攻打特洛伊城，忙不過來。總之，要不是他一次又一次的破壞，我們早就進城了。

我們三個，一個牽着木馬，兩個推着木馬，繞過第五軍團營地後很遠，開始推着木馬向特洛伊

城前進，邊走邊向第五軍團那邊觀察，那邊靜悄悄
的，士兵確實都在營地裏休息。

我們很快就來到了特洛伊城下，按照計劃，我
騎到了木馬上，張琳站在我身邊，西恩則躲在木馬
後面，推動木馬前進。

我手上拿着西恩做的長槍，背着弓箭，張琳牽
着木馬，我們距離特洛伊城越來越近。

特洛伊城上，開始有兩、三個士兵看着我們，
隨後一大批士兵，足有一百人，全都站在城牆上。

「衝啊──衝啊──」我揮着長槍，大喊着，
「攻城啦──」

「亞該亞人又來啦──」城牆上，有人大喊
着，「騎着一匹很大的馬──」

「攻城啦──」我把長槍遞給張琳，隨後取下
弓箭，向城牆上射了一箭。

西恩把我們推到城牆下三十米的距離，不再
推了，他看了看，我們此時距離最近的城門，不到
一百米。

「啊，還射箭，只有兩個人，騎着一匹怪馬——」城牆上，一個特洛伊軍官叫了起來，「放箭，射他們——」

城牆上，特洛伊人的箭支亂如雨下，我躲在了馬頭後，張琳則用手裏的霹靂劍撥打那些箭枝。

「衝呀——攻進特洛伊城——活捉城主——」我躲在馬頭後大喊着，又向城牆上射了一箭。

「就這麼兩個人，真是倡狂——」特洛伊軍官大喊着，「來人呀，出城活捉他們——」

我們就等這句話呢。我連忙又向城牆上射了一箭，張琳揮動着手裏的長槍，嘴裏喊着「攻城」，特洛伊人明顯有些被激怒了。

城牆上，還有人向我們射箭，西恩把木馬往回拉了幾米，我躲在馬頭後面，馬頭上已經扎了很多箭枝。

特洛伊城的城門突然打開了，緊接着，上百個特洛伊士兵吶喊着向我們衝了過來。

「西恩準備——」我說着就跳下木馬，來到了

木馬的身後，張琳則繼續用霹靂劍擋着城上射下來的箭。

「準備好了。」西恩說道，「讓他們來吧。」

十幾個特洛伊士兵衝在最前面，他們吶喊着，看樣子一定要抓住我們。距離我們大概五十米的時候，西恩從馬的身後閃了出來。

「煙霧防禦弧──」西恩手指着前方，喊道。

一道弧線飛了過去，在那些士兵面前，那道弧線落地，特洛伊士兵根本不管，看着防禦弧都仍然衝上來。

「轟──」的一聲巨響，地面上，弧光像是爆炸一樣，把那些士兵推倒在地，弧光散發的同時，一大片白色煙霧升起，像是一道霧幕一樣，攔在我們和出城的那些士兵面前。

「煙霧防禦弧──」西恩轉身，對着城牆射出一道防禦弧，防禦弧撞向城牆，又是「轟」的一聲，隨即也升成一道白色煙霧，籠罩住了城牆上的士兵。

　　「快——快——」我説着就把手裏的弓箭向城牆的對面扔去，「我們快點進去——」

　　張琳把那枝長槍，也扔出去。我們三個趴在地上，隨即先後爬進木馬的肚子下，西恩拉開暗門，我們鑽進了木馬的肚子，西恩隨即把暗門拉上，然後鎖死。

我們躲進了木馬的肚子，這裏的空間不大，剛好能給我們三個容身，木馬的肚子裏，已經放好了三件披風。

　　我們聽着外面的動靜，外面，白色的煙霧開始慢慢散去，那些被防禦弧推倒的士兵已經爬了起來，城牆上的白色煙霧也開始散去，那些士兵完全沒有看見我們鑽進了木馬的肚子。

　　「跑了，那三個亞該亞人跑了。」煙霧散後，出城的士兵走向了木馬，他們謹慎地端着長槍，為首的一個隊長説道。

　　「報告隊長，我剛才好像看見只有兩個人。」一個高高的士兵説道。

　　「不管三個還是兩個，一定是跑了。」隊長指着遠處的弓箭和長槍説道，「看看，武器都扔了。」

　　「隊長，剛才是什麼武器呀，我們一下就被衝倒了，還冒了一股白煙。」士兵問道。

　　「菲力，你的話真多，我怎麼會知道那是什麼

武器。」隊長有些生氣地説，「快去給我看看，那三個亞該亞人是不是跑遠了。」

名叫菲力的士兵帶着幾個士兵去追我們了。隊長則很是好奇地走到木馬身邊，摸了摸馬的身子。

「亞該亞人做一個這個幹什麼？」隊長説。

「報告，我想是攻城用的木馬，你看，躲在馬頭後，城牆上的箭就射不到了。」一個士兵解釋道，「躲在馬身子後面的人可以推着馬前進，箭也射不到。」

「嗯，有道理，看來是這樣的。」隊長點點頭，「現在是我們特洛伊城的木馬了，把這匹木馬推回去，這是我們今天的重大繳獲，回去要報告給大將軍。」

走過來幾個士兵，有的拉着馬頭前的繩子，有的推動馬身子，把木馬向特洛伊城移動。

我們躲在木馬的肚子裏，一點聲音都不敢發出來，我們靜靜地聽着外面，他們的話全都能聽到，我們也感到木馬在移動了。

木馬被連拉帶推地送進特洛伊城，進了城門後，有很多特洛伊城的士兵圍上來看。

　　「這是什麼呀？」

　　「外面繳獲的，亞該亞人的新式攻城車。」

　　「亞該亞人真是急了，想出這樣的怪武器。」

　　「亞該亞人自己很得意呢，做出這麼一個東西，派兩、三個人就來攻城了，不過還是被我們繳獲了。」

　　「他們這是試驗吧？」

　　「誰知道呀，這個東西我看也不行，最多擋擋幾枝箭。」

　　「沒什麼用就燒了，不用拉回來了。」

　　聽到這句話，我們三個嚇了一跳。

　　「不能燒，要向大將軍報告，我們又打了勝仗，繳獲了一匹木馬。」

　　「那倒是，拉進去報告給大將軍。」

　　「嗨，都快進來，關城門了——」

　　我們懸着的心放了下來，我們很是害怕特洛伊

人把木馬燒了。

也不知道我們被帶到了什麼地方，就知道木馬停下來後，又有很多人圍了過來，圍着我們七嘴八舌的，從對話中我們可以聽出來，城內的居民也在圍觀木馬，依次我可以推斷，木馬被放置在了城裏的某個地方，不會是一座軍營裏。

也不知道過了多長時間，只是我們感覺到了晚上，木馬周圍的人似乎都散去了，聽不見任何的議論聲。

「應該可以了，我們出去。」我壓低聲音説道。

我打開開關，用最慢的速度拉開暗門，我把頭先探出馬的肚子，我看到四邊漆黑一片，現在已經是深夜了。

我先慢慢地爬出了馬肚子，在馬肚子下，我觀察着四周，但是什麼都看不清，我又向前爬了一米，把頭探出去。借着極其微弱的月光，我發現我們應該在一個空地上，空地的四周，全都是房子。

「都出來吧。」感覺到四周無人，我轉頭對張琳和西恩説道。

我們三個依次從馬肚子下爬了出來，我們緊緊地靠着木馬，看着周圍。

「找個地方躲起來。」我説道，「我們先把披風穿上。」

CHAPTER 10

冶煉廠裏

　　穿好披風後，我們摸着黑，在特洛伊城裏走着，夜深了，城裏根本就沒什麼人走動。我們能看見這座城裏依稀可見的建築外觀，有一些高大的建築，更多的是一般的民居。城裏還有很多樹木，最後，我們躲進了一個樹叢裏，我們要在這裏等到天亮，然後去打聽庫拉斯可能藏身的地方，此時外面一個人都沒有，我們無法打探，而城牆那邊會有守城的士兵，我們是絕對不會去那邊的。

　　半夜裏，天氣有些冷，還好我們穿了一件披風。慢慢地，我們都昏昏睡去，等到天亮的時候，才醒來。

　　我走到樹叢外，看着清晨的特洛伊城，這是一座美麗的城，淺色的石頭建築是城中建築物的主流。早晨的時候，街道上的行人不是很多，士兵基

本上沒有看到。

「走吧，我們去問問，看看庫拉斯在什麼地方？」我轉頭對兩個伙伴說道。

我們走出了樹林，就像是三個城裏的人一樣，走在街上。這天的風似乎有點大，也有些冷，不過我們可顧不得這些，我們要去找庫拉斯。

我看到一個三十多歲的男子從一座房子裏走出來，連忙上前幾步。

「你好，早上好，我想請問，被我們的士兵從城外帶進來的人，會在什麼地方？會關起來還是放掉？」

「被帶進來的人？亞該亞人的士兵嗎？」那個男子反問。

「不，是個平民。」我連忙說，「前幾天被帶進來的。」

「很少聽說有平民被帶進來，這裏打仗，城外的平民早就跑光了。」男子說道，「是被抓的俘虜嗎？我知道，都會送到冶煉廠做苦工去，但平民就

不知道了。你們問這個幹什麼？」

「啊，我們⋯⋯那天看見有個平民被抓進來，現在有點關心他會去了哪裏。」我說。

「幾個小孩子，管那麼多幹什麼。」男子擺了擺手，「快回家去吧，要麼去冶煉廠幫忙，守城士兵的箭支都不夠了。」

「啊，我們知道。」我連忙說，「這就走。」

這時，一大隊騎着馬的特洛伊士兵走了過來，我們三個連忙背對着他們，我決定他們走過去後，去找其他人繼續問。

「呼——」一陣大風吹了過來，我們三個的披風頓時被風吹起，露出了我們亞該亞人士兵的衣服。

「啊，亞該亞人——」男子看到我們的衣服，大叫起來，「抓呀——亞該亞人——」

騎着馬的特洛伊士兵本來已經走了過去，跟在馬隊後面的十幾個步兵看到了我們的衣服，頓時衝過來把我們圍住。

「怎麼辦？衝出去嗎？」張琳緊張地問道。

馬隊掉轉回來，堵住了我們的去路，我們已經被團團圍住了。

「先不要硬拚，好不容易進城，這一拚可能又拚出城了。」我小聲地說。

「你們，從冶煉廠跑出來的吧？」馬隊的軍官指着我們，問道，「是被俘的亞該亞人第五軍團士兵？」

「啊、啊——」我們三個都張口結舌的。

「報告將軍，他們一定是從冶煉廠跑出來的被俘士兵，應該就是第五軍團的，因為我聽說第五軍團都是老人和孩子。」那個男子大聲地說，「剛才他們還向我打聽冶煉廠的位置呢，看來是偷跑出來，出不了城，想回去但迷路了。」

「誰向你打聽過冶煉廠在哪裏？」張琳生氣地問。

「就是你們。」男子理直氣壯地說。

「別吵了，全都送回冶煉廠去。」軍官喊道，

他看看我們，說道，「你們是從幾號冶煉廠跑出來的？」

「我們、我們⋯⋯」我們還是張口結舌的。

「不說是吧？那就送到最大的一號冶煉廠去，那裏的工作最累。」軍官對手下揮了揮手。

二十多個士兵，把我們押着一路向前走，隨後又轉了一個彎。我們的前面，出現了一個很大的院子，院子裏有好幾處房子。院子那邊，不斷有煙塵飄過來，有幾所房子升起了濃濃的煙。

院子門口，站着兩個士兵，看到我們走來，一個士兵擺了擺手。

「你們幹什麼？」那個士兵問道。

「給你們送苦力來了，啊，這三個孩子是從你們這裏跑掉的吧？」押送我們的一個士兵問。

「不是，我們這裏沒有人跑掉。」那個士兵回答道。

「不管了，送給你們了，我不想去別的冶煉廠打聽了，讓他們幹辛勞一點的工作。」押送我們的

士兵説。

我們被推進了冶煉廠，門口的一個士兵跑到門口旁邊的房子裏，叫出來好幾個同伴，讓他們把我們送到裏面去。

五個士兵押着我們，走進了冶煉廠，我們聽到裏面傳來密集的「叮叮噹噹」敲擊聲，應該是裏面有人在做苦工。快走到一間房子前的時候，裏面出來一個瘦小的男子，手裏還拿着一根木棍。

「查克工長，新送來三個苦力，你給安排一下，讓他們幹最辛勞的工作。」一個士兵説道。

「好的，你們回去吧，我來安排。」叫查克的人説。

士兵們走了，我們三個站在那裏，查克看看我們。

「跟我來，聽着，今後幹活，不許偷懶，否則小心我手裏的木棍——」

我們三個此時不了解冶煉廠的情況，不想逃走，更不想抵抗，就跟着查克走。路邊，有個人吃

力地拉着一輛堆滿木柴的小車，向我們走來。

「庫拉斯——」查克向那人招招手，叫道。

那人連忙加快速度，向我們走來。聽到「庫拉斯」這個名字，我們先是一驚，隨後仔細一看，那人真的是我們要找的庫拉斯。

「庫拉斯，你帶着這三個孩子，拉車往熔煉所運木柴，你們還要劈木柴，不許偷懶呀。」查克嚴厲地説。

「不敢，工長，我不敢。」庫拉斯仔細看了我們一眼，和我們一樣大吃一驚，他認出了我們。

查克走了，現場只有我們和庫拉斯。這種情況可真是想不到，張琳害怕庫拉斯跑了，上去先抓住庫拉斯一條胳膊。

「你們、你們終於來了。」庫拉斯很激動地説，他的雙眼居然含有淚水。

我們全都愣住了，庫拉斯此時應該逃跑或者激烈抵抗呀。

「他們……特洛伊人把我帶到城裏後，就讓我

在冶煉廠幹活，每天就只吃兩頓飯，飯還是餿的。他們讓我每天拉木頭、劈木頭，一天要幹活十二個小時以上，我的手都磨出血了……我一定要離開這裏，你們把我救出去吧……」庫拉斯說着，眼淚掉下來了。

「你可以穿越逃走呀……」西恩問道，「幹嘛找我們，我們還以為你很高興地躲在城裏不出來呢。」

「到處是冶煉廠，我的穿越寶盒受到了強烈的磁力線干擾，根本就用不了。」庫拉斯說道，「求你們了，把我帶走吧，我就一個人，跑不掉的，我打他們三、五個完全沒問題，可是就這個冶煉廠就有好幾十個士兵把守呀，就算衝出冶煉廠，也出不了城，城牆上和城牆後全是士兵。」

我和張琳、西恩相互看了看。起碼，庫拉斯在穿越受到磁力線干擾這件事上，沒有撒謊。並且，他說衝不出城，也應該是實話。

「我們可以帶你出城，但是出城後，你必須乖

乖地跟我們回去。」我對庫拉斯說，「你不許耍花樣。」

「絕對不會，我和你們走，只要帶我離開這裏，怎麼樣都行。」庫拉斯比畫着說，「我太慘了，我從小到大，哪裏受過這樣的苦呀，以前一頓飯少過五百元，我都不吃……」

「喂——你們不幹活，說什麼呢——」查克手裏拿着木棍，突然向我們走來。

「就是他，我幹活稍微慢一點就打我。」庫拉斯壓低聲音，緊張地說。

「庫拉斯——」查克舉着木棍就打了下去，「不幹活，在這裏說話——」

「哇，不要——」庫拉斯說着開始躲避，「疼死啦——」

「還有你們，剛來就不好好幹活——」查克舉着木棍，向西恩打了下去。

西恩伸手一抓，一下就抓住了木棍。查克都愣住了，他惱羞成怒，揮着拳頭打向西恩。西恩抓住

了他的手臂，用力一推，查克整個人便飛了出去。

「啊——啊——」查克摔倒在地上，大喊起來，「來人呀——苦力打我——」

遠處大門口方向，有幾個士兵看到了這裏的情況，端着長槍衝了過來。

「準備戰鬥吧。」我看看幾個人，「從這裏，一路衝出去，只有這樣了，我們可以的。」

「你、你們行嗎？」庫拉斯急着問道。

「你在我們的中間，我們讓你看看行不行。」我有些不屑地説，「你盡量不掉隊就行。」

説完，我和張琳站在了最前面，張琳手中已經抓住了霹靂劍，我們在前面護着庫拉斯，西恩則站在庫拉斯身後，我們夾住了庫拉斯，確保他不受到攻擊。

前面，端着長槍的士兵衝到了我們眼前，我撿起了查克的木棍，和張琳各自向前邁了一步，隨即和那些士兵接戰。不到十秒鐘，衝過來的幾個士兵全都被我們打倒在地。

「我們衝出去──」我大喊一聲，隨即向大門方向跑去，張琳和我並肩前進。

大門口，看到同伴被打倒的特洛伊士兵，一共二十多個，一起撲向我們，我和張琳轉眼間就衝進敵陣。一陣打鬥過後，這二十多個士兵也全都被我們打倒在地。

打倒了大門口的士兵，我看了看方向，帶着大家直奔，向最近的城門方向跑去，我們要打開城門逃出去。

CHAPTER 11

小木馬被燒了

大街上行人多了起來，但是士兵很少見，偶爾遇到的士兵因為我們還穿着披風，也沒有認出我們的亞該亞軍服，不過我發現身後已經有五、六個端着長槍的士兵追了過來。

「快，快——」我一邊跑，一邊招呼大家。

一路上我們沒有遇到阻攔，我們很快來到一座城門前。城門旁，站着十幾個士兵。城門上，也有十幾個士兵，不過他們全都看着城外，沒有人注意我們。

「站住——」一個士兵看到我們靠近，對我們擺個手勢，「幹什麼的——」

我們都停了下來。我看着那厚厚的城門，城門裏面有一條巨大的木樁一樣的門栓，城門緊緊地關閉着。

「我們……」我説着看了看張琳和西恩，我身後的庫拉斯也萬分緊張。

張琳和西恩都微微點點頭，我看出他倆是在暗示我們，現在只能硬闖了，趁城門這裏的士兵還不多。

「亞該亞人——他們是亞該亞人——抓住他們——」我們的身後，從冶煉廠追趕過來的特洛伊士兵的喊叫聲傳來。

攔住我們的士兵看到了那些人，也聽到了叫喊聲，他愣了一下。

「動手——」我大喊一聲，一拳就打倒了那個士兵。

張琳收起的霹靂劍又彈了出來，西恩已經高高躍起，一腳踢倒了另一個士兵，並且順勢奪下他的長槍，就連庫拉斯也搶了一枝長槍，我們頓時和城門這裏的守衛打了起來。

城門這裏大亂，城牆上的士兵本來是觀察對面情況的，現在紛紛從城牆上衝下來，附近一個守護

營地的士兵聽到喊殺聲也衝了出來。

我和張琳轉瞬間都打倒了十幾個士兵，庫拉斯也打倒了兩個士兵，此時他比我們衝出去的願望還強烈。

西恩快步跑到城門那裏，打倒了兩個守在城門後的士兵，他跳起來，托起門栓，把門栓橫木扔在了地上。

西恩要去拉開城門，十幾個士兵衝上去圍住了他，西恩撿起一把長槍，和他們打了起來，我和張琳保護着庫拉斯，拚力向城門靠攏過去。

附近的士兵都被打鬥聲吸引，越來越多士兵圍了過來，我還看見遠處有個馬隊正在向這邊趕來。

「趕快衝出去──他們人越來越多了──」我着急地大聲喊道。

「凱文──張琳──你們靠過來──」西恩説着打倒一個士兵。

我和張琳護着庫拉斯，向西恩靠了過去，我們來到城門前，這樣我們的後背緊靠着城門，就不會

遭到攻擊了。

「靠過來，靠過來——」西恩大聲地招呼我們，「靠近我——」

我們連忙靠向西恩，西恩看到我們靠緊了他，滿意地點點頭。

「防禦弧——」

隨後西恩的一聲吶喊，一道閃光的弧線直直地撲向圍攻我們的特洛伊士兵，「轟——」的一聲，弧線炸響，弧光四射，衝在最前面的幾十個特洛伊士兵全部被炸倒在地，大呼小叫起來。

「補充防禦弧——」西恩又是一聲大喊，一道防禦弧飛了出去，落在剛才爆炸的防禦弧前五米的地方。

又有幾十個特洛伊士兵衝上來，補充防禦弧發出一道閃光，那些士兵全被弧光給推出去十幾米遠。

「開門，開門——」西恩轉身，拉動那扇城門。

我們幫着西恩，一起拉那扇城門，城門被拉開一米多寬。庫拉斯迫不及待，第一個衝了出去。

趁着追兵被防禦弧擋住，我們也陸續出了城門，出城之後，變成了庫拉斯帶着我們跑。庫拉斯總算是離開了特洛伊城，他異常興奮，跑得比剛才更快了。

我們三個在庫拉斯身後緊緊追趕，忽然，我們發現，庫拉斯似乎並不是在單純地逃離特洛伊城，他似乎像是在擺脫我們。

我們的身後，從城門衝出來一些特洛伊城的士兵，他們看到我們跑遠了，也沒有追趕我們的信心了，他們只是站在城門前看着我們，議論着。

庫拉斯的速度真快，我們幾乎都追不上他了，他的超能力，也許在奔跑方面有着最強的體現。

我們不能放棄，繼續追趕着庫拉斯，我們想馬上追上他，但披風很是礙事，我們三個全都把披風扯下來，扔到了身後。

「庫拉斯——站住——」張琳大喊着，「跟我

們走，別忘了你剛才答應了什麼——」

「已經忘記了——」庫拉斯聽到了張琳的話，邊跑邊喊。

我們可不會放過庫拉斯，我們繼續緊緊地追趕。

這時，從營地裏衝出來一大隊亞該亞人的士兵，我發現這隊士兵是從第五軍團的營地裏衝出來的。

「救命——救命——」庫拉斯向第五軍團的那些士兵跑去，「後面三個是特洛伊人——」

庫拉斯説着衝進到了那些士兵中，那些士兵聽了庫拉斯的話，把他保護起來，用長槍對着我們。

「我剛從特洛伊城逃出來，我有重要情報告訴你們，請保護我，那三個特洛伊人在追殺我——」庫拉斯激動地喊道。

「昆塔斯——邦克隊長——盧克副隊長——」我看清楚了這隊亞該亞人士兵的樣子，裏面有我們的老熟人，我激動地大喊起來，「攔住那個人，他

是個壞人——」

「嗨，這不是三個小怪人嗎？」盧克看見了我們，很是興奮，他轉身看看庫拉斯，「喂，我說，他們穿着我們的軍裝，明明是我們的人，看你的這身衣服，你是什麼人？」

「我……」庫拉斯張口結舌了，「我、我是、是……」

「不對呀，盧克，你想想，昨天這三個小怪人還穿着怪衣服呢，現在怎麼穿上我們的軍服了？」邦克看着我們，眨了眨眼睛。

「隊長，今天我們丟了三件衣服，還有一些布，我看就是這三件。哇，就是他們偷走我們的衣服——」昆塔斯大叫起來。

「敢偷我們的衣服，給我上——」邦克說着一揮手，「抓住這三個小壞蛋——」

那些士兵立即衝上來，我們只能開始迎戰，沒幾個回合，幾十個士兵都躺在了地上，大呼小叫的。

「笨蛋——給我上——給我上——」邦克罵了起來，他揮着手，招呼另外的士兵，自己卻後退了幾米。

「邦克，你後退什麼？」盧克問道，「你自己怎麼不上？」

「盧克，就你看見了對嗎？就你有嘴對嗎？」邦克憤怒地説，「本來就打不過他們，不後退怎麼辦……」

那些士兵也跟着邦克一起後退，他們很多和我們交過手，知道我們的厲害。

張琳快步上前幾步，用霹靂劍指着邦克。

「就是你，破壞了我們的計劃，總是給我們搗亂，你怎麼沒完了？」

「我、我……」邦克滿臉堆笑，「沒有呀……啊，那幾件衣服早就想送給你們穿了，一直也沒機會，你們這麼喜歡，那就穿着吧，送給你們了。我們要回去了，今後不敢惹你們了……」

「別走呀——」我衝過去，「庫拉斯呢？庫拉

斯去哪裏了？」

「庫拉斯？是誰？」邦克看看四周，「我們這裏只有一個笨傢伙盧克，他可不叫庫拉斯。」

「一定趁着剛才我們打鬥的時候跑了。」我看了看遠處，着急地説。

的確，剛才我們忙着和邦克的手下交戰，顧不上庫拉斯，他趁機逃走了。

我向前衝了幾步，看着遠方，我不知道庫拉斯剛才向那個方向逃走了。

「嗯……」有個亞該亞士兵慢慢地走上來，指着西面，「你們要找的那個人，剛才從這邊跑了。」

「你確定嗎？」我連忙問。

「確定，我知道你們厲害，邦克隊長讓我們抓你們的時候，我想反正也打不過你們，就躲在後面，看見那人跑向那邊了。」那個士兵猶豫地説。

「哇，杜克——」邦克聽到那個士兵的話，大叫起來，「你這個膽小鬼——」

我和張琳、西恩順着杜克指的方向就追了過去。那邊是大海的方向，我們一口氣跑了大概兩公里，但是還是沒有看到庫拉斯。

　　「轟——」的一聲巨響，我們嚇了一跳。那聲音是從二百多米外的一座小土丘後傳過來的，我們連忙跑過去，剛跑到土丘邊，就看見庫拉斯在地翻滾着、嚎叫着。

　　不遠處的地面，有一個被炸開的土坑，還有煙霧沒有散盡。

　　「這是……」張琳疑惑地看着庫拉斯，我們發現庫拉斯一臉漆黑，像是被煙熏過。

　　「我們還在特洛伊城附近。」我明白了剛才發生的事，「磁力線仍然干擾着我們的穿越，而這個庫拉斯剛才躲到了土丘後，想實施穿越逃跑，但是因為被干擾，穿越通道爆炸了，他被炸了出來。」

　　「救……救我……」庫拉斯看到了我們，雙眼充滿痛苦，「給我找些水喝……」

　　「你剛才是不是想穿越逃走？」張琳蹲下身

子，問道。

「我、我……」庫拉斯轉轉眼睛，「不是，我剛才不小心踩中了一顆地雷。」

「沒一句實話，這是什麼年代？青銅時代晚期，哪來的地雷？」張琳生氣了，她瞪着庫拉斯。

「我、我……我踩中了……」庫拉斯看着張琳，「我錯了，我就是想逃跑，給我點水喝……」

「西恩，給他找點水。」張琳説着，指了指北面，距離我們這裏不到二百米就是一條小河。

西恩去找水了，我抬手看了看萬能手錶，手錶上的干擾的確還都存在。

「我們必須遠離這裏，遠離磁力線干擾。」我對張琳説道，我看了看遠處，「大概到了海邊，我們就能擺脫磁力線干擾，穿越回去。」

「那一會就去海邊。」張琳點點頭。

「轟——轟——轟——」特洛伊城方向，一聲聲巨響再次傳來，隨即傳來的是喊殺聲。

「他們又打起來了。」我望着特洛伊城方向，

說道。

　　「還有兩年，亞該亞人才能攻進這座城。」張琳有些感慨地説。

　　西恩不知道從哪裏撿了一個亞該亞人的頭盔，裏面盛滿了水，端了過來。他把水給庫拉斯喝了下去，庫拉斯坐在地上，看上去比剛才好了很多。

　　「把他扶起來，我們走吧。」我説道，隨後指指海邊方向。

　　我們走向大海方向，要走過山丘。我們夾着庫拉斯，走到了山丘頂上，我回頭一看，特洛伊城方向，殺聲四起，雙方打成一團。

　　特洛伊城的城門大開，一隊特洛伊士兵吶喊着殺了出來，他們前面推着的，正是我們做的那匹木馬，特洛伊士兵借着木馬的掩護，冒着亞該亞士兵射出的箭支前進，無數的箭支都射在了木馬身上。

　　特洛伊人繼續前進，這時，亞該亞人開始射出箭頭纏着松油布的火箭，火箭扎在木馬身上，很快，那匹特洛伊小木馬就燃燒起來。

特洛伊士兵開始敗退，但是，城中殺出一支馬隊，轉瞬間就衝垮了亞該亞人的戰隊。

　　「走吧。」我對兩個伙伴説道。

　　我們走了三公里多，來到了海邊，我看到手錶上的干擾已經完全消失了。

　　張琳找了一塊空地，我們走到空地上，忽然，遠處，特洛伊人的馬隊衝出城和亞該亞人的馬隊打在一起，不過由於距離遠，他們沒有看到我們，只是專心作戰。

　　我們夾着的庫拉斯，已經氣力全無，完全由我們控制。

　　「總部時空隧道管理員，我是阿爾法小組051號特工，我和另外兩個同事已經順利完成任務，抓住了庫拉斯，我們申請開啟穿越通道，請輔助我們實施穿越。」

　　「我是05號時空隧道管理員，請問穿越方式。」手錶裏一把聲音問道。

　　……

一個穿越通道形成，我們邁步走了進去。

「再見，特洛伊。」我回頭看了看遠處，説道。

時空調查科11

特洛伊攻城戰

作　　者：關景峰

繪　　圖：Mimi Szeto

責任編輯：黃稔茵

美術設計：黃觀山

出　　版：新雅文化事業有限公司

　　　　　香港英皇道499號北角工業大廈18樓

　　　　　電話：（852）2138 7998

　　　　　傳真：（852）2597 4003

　　　　　網址：http://www.sunya.com.hk

　　　　　電郵：marketing@sunya.com.hk

發　　行：香港聯合書刊物流有限公司

　　　　　香港荃灣德士古道220-248號荃灣工業中心16樓

　　　　　電話：（852）2150 2100

　　　　　傳真：（852）2407 3062

　　　　　電郵：info@suplogistics.com.hk

印　　刷：中華商務彩色印刷有限公司

　　　　　香港新界大埔汀麗路36號

版　　次：二〇二二年二月初版

ISBN : 978-962-08-7924-1